Nur ein Bett

Weitere Bücher von Keira Andrews

In deutscher Sprache

Weihnachten
Fröhliche Kirsch-Weihnachten
Ein Holzfäller unterm Weihnachtsbaum
Der Weihnachts-Deal
Der Weihnachts-Sprung
Das Weihnachts-Veto
Santa Daddy (Deutsche Ausgabe)
Im Notfall

Contemporary
Flitterwochen Allein

Action & Abenteuer
Jenseits des Ozeans
Codename: Valor
Testphase Valor

Fantasy
Vermählt mit dem Barbaren: Band 1 (Barbaren Dilogie)
Der Schwur des Barbaren: Band 2 (Barbaren Dilogie)

Historische Romantik
Geisel des Piraten

Sport
Nur ein Bett
Wertvoller als Gold
Kalter Krieg

Nur ein Bett

von Keira Andrews

Nur ein Bett
Geschrieben und veröffentlicht von Keira Andrews

Cover von Dar Albert
Formatiert von BB eBooks
Übersetzung: Feliz Faber
Proofing: Veronika Kothmayer

ISBN: 978-1-998237-80-7

Danksagung

Meinen Dank an Leta Blake, Anara, Mary und Rai für ihre Ermutigung und ihre unbezahlbare Unterstützung dabei, diese Geschichte zum Leben zu erwecken und das Beste aus ihr herauszuholen.

Besonderen Dank an Elizabeth für die Einblicke in ihre japanisch-kanadische Kindheit.

Ich bin seit Jahrzehnten Eiskunstlauf-Fan und es ist mir immer eine Freude, über den Sport zu schreiben. Irgendwelche Ähnlichkeiten mit realen Eiskunstläufer*innen und Trainer*innen sind völlig unbeabsichtigt und reiner Zufall.

Kapitel Eins

Sam

WENN MEINE OMA nicht so goldig wäre, hätte ich „Du kannst mich mal" zu ihr gesagt.

Sie strahlte mich an mit ihrem runzligen Grinsen, und ihre weißen Haare schauten unter ihrer roten Team-Kanada-Wollmütze hervor. Wie üblich war sie adrett in Stoffhose, Bluse und Cardigan gekleidet und perfekt geschminkt – ohne ihren rosaroten Lippenstift ging Yuko Tanaka nicht aus dem Haus.

Aber immer, wenn wir zu einem Eiskunstlaufwettbewerb gingen, krönte sie ihr Outfit stolz mit der roten Pudelmütze. Ich bin nicht besonders groß, aber sie reichte mir selbst mit den paar zusätzlichen Zentimetern durch den Bommel auf der Mütze kaum bis zur Schulter.

Ihr Ellbogen traf mich direkt unter den Rippen, als sie nochmal fragte: „Wo ist denn dein Lover?"

Ich verdrehte die Augen über den alten Witz, während ich zurücktrat, um eine Frau durch die Schlange vor dem Imbissstand durchzulassen. Das Eisstadion hier am Stadtrand von Calgary war brandneu, erbaut für die Olympiade in vierzehn Monaten, und trotzdem war nicht genug Platz im Foyer. Das war immer so. „Du weißt doch, dass Etienne nicht mein Lover ist. Er ist mein bester Freund."

„Hm?"

Ich bückte mich und wiederholte nachdrücklich: „Etienne ist *nicht* mein Lover."

„Warum nicht?" Ihre Augen funkelten.

„Weil ich eine Freundin habe. *Obaachan*, hör auf, mich zu ärgern."

Na schön, ich hatte eine Freundin *gehabt*. Obwohl Mandy nichts damit zu tun hatte, warum Etienne nicht mein Lover war. Ich war hetero. Mein älterer Bruder, Henry, war schwul. Basta.

Meine Oma machte „Hmpf". Sie liebte dieses Spiel – so zu tun, als wäre sie nicht überzeugt, dass Etienne und ich nicht heimlich etwas miteinander hatten. „Warum ist er nicht hier?" Meine Großmutter verfolgte keine Eislauf-Ergebnisse, wenn sie nicht Henry betrafen.

„Etienne und Brianna haben es nicht ins

Grand-Prix-Finale geschafft. Sie sind nicht auf diesem Level, weißt du?" Schnell fügte ich hinzu: „Sie haben trotzdem eine tolle Saison! Aber nur die besten sechs Paare aller Grand-Prix-Veranstaltungen kommen weiter. Sie haben diesen Herbst bei keinem ihrer Wettkämpfe eine Medaille gewonnen."

Bei der letzten Weltmeisterschaft im Eistanzen waren sie fünfzehnte geworden, was eigentlich fantastisch war, so gesehen, aber international waren sie keine Medaillenanwärter. Sie bekamen nie die Noten, die sie verdient hätten, aber die Wertung war total politisch und abgefuckt.

„Mhm." Jetzt wurde ihr Blick kritisch. „Was hast du mit deinem schönen Haar gemacht?"

„Es abgeschnitten." Meine Haare waren im Nacken und an den Seiten ausrasiert und oben länger. Vorne hatte ich sie mit Gel hochgestellt.

„Rede nicht daher wie einer der drei Weisen aus dem Morgenland."

„Mach' ich ja gar nicht. Ich hab' weder Weihrauch noch Myrrhe dabei, und ganz bestimmt kein Gold." Ich stupste sie sanft mit dem Ellbogen an. „Kapiert?"

Sie schnaubte belustigt. „Sehr gut, Samu." So nannte sie mich schon, so lange ich denken konnte.

Ich fuhr mir mit der Hand über die silbergrünen Strähnchen, die ich mir als Kontrast zu meiner fast schwarzen Naturfarbe machen lassen hatte. „Das wäscht sich wieder raus. Irgendwann.“

Der Bommel hüpfte, als sie den Kopf schüttelte. „Dein Cousin Keiji in Osaka ist gerade befördert worden. Keine grünen Haare.“

„Keiji ist Banker. Ich bin Soziologiestudent im dritten Jahr an der UBC. Kein Mensch interessiert sich für meine Frisur.“

„Auch keine zerrissenen Hosen. Du siehst aus, als wärst du arm.“

„Arm zu sein ist nichts Schlimmes. Das ist ein soziales Konstrukt.“ Obwohl meine Jeans nicht billig gewesen war. „Ich weiß, ich weiß, Keiji trägt auch keine Schlabber-Hoodies. Genausowenig wie Henry.“ Mit meinem perfekten Cousin und meinem verklemmten, extrem ordentlichen Bruder hatte meine Oma jede Menge Vergleichsmöglichkeiten. Laut meiner Mom hatte sie es mit ihr früher genauso gemacht, und ich sollte es einfach ignorieren.

Meine Oma steckte eine Hand unter mein Hoodie und zwickte mich in die Taille. Sie war immer noch blitzschnell. „Du bist trotzdem ein guter Junge.“

Ich tätschelte ihren Bommel. „Ich hab‘ dich auch lieb.“

Schließlich kamen wir dran und bestellten Hotdogs, Pommes und Brezeln. Die Speisekarte hier hatte ein Wildwest-Motto, aber abgesehen von dem Proviantwagen-Chili gab es das ganze übliche Zeug. Ich war Experte für Stadionessen, und die Hotdogs waren zwar bestenfalls fragwürdig, aber immer noch besser als Pizza, die ewig unter Speisenwärmern gelegen hatte.

Obaachan, die bereits an ihrem Orange Crush nuckelte, bestand darauf, das Tablett mit den Getränken zu tragen. „Eigentlich braucht eher Henry einen Lover", sagte sie.

„Psst!" Am Würzsoßenstand balancierte ich das Tablett mit dem Essen in einer Hand und quetschte mit der anderen Ketchup aus dem Spender in kleine Papierbecher.

Ich warf einen Blick auf die Menschenmenge um uns herum. Die Eiskunstlaufszene war eine kleine, ganz eigene Welt aus Fans, Freunden, Familienangehörigen, Trainern und Medienvertretern, die hauptsächlich von Klatsch und Tratsch lebte. Henry war ein ehemaliger Weltmeister, der im Einzel mit seinem Erzrivalen aus den Staaten, Theo Sullivan, um Goldmedaillen konkurrierte. Jeder hier wusste, wer Henry war. Und es würde ihm nicht gefallen, dass Obaachan sein Liebesleben – oder dessen Nichtvorhandensein – so laut erörterte.

Ich meine, sie hatte nicht unrecht – Henry brauchte einen festen Freund. Oder zumindest mal wieder Sex. Nicht, dass ich so genau wusste, ob er welchen hatte oder nicht. Mein großer Bruder würde *nie und nimmer* mit mir über sein reales oder imaginäres Sexleben sprechen. Manchmal machte ich mir Sorgen, ob er nicht einsam war, aber er war zu sehr vom Eislaufen und seinem Ehrgeiz, Theo zu besiegen, besessen, um auf Partnersuche zu gehen.

Etienne behauptete, *er* wäre momentan auch zu beschäftigt, um einen Freund zu haben. Ich war kein Weltklasseathlet, und ich hatte zwar mit meinem Studium und meinem Aushilfsjob in der Bibliothek auch genug zu tun, aber ich hatte keine vernünftige Ausrede dafür, warum ich nach der Trennung von Mandy noch keine neue Beziehung eingegangen war. Aber das war erst ein paar Monate her. Ich spielte an den Wochenenden lieber mit Etienne online League of Legends.

Es war okay – ich brauchte nicht andauernd Party zu machen, um eine neue Freundin zu finden. Meine Freunde an der Uni schwärmten mir ständig von den scharfen Tussis vor, die sie über die neueste App an Land gezogen hätten. Ich sagte, ich würde mir die App downloaden, wenn ich im Januar wieder zuhause in Vancouver wäre. Ich würde sowieso genug damit zu tun haben, mit Etienne zu spielen. Wir waren ganz kurz vor dem nächsten Level und konnten jetzt nicht aufhören.

Obaachan und ich schlängelten uns durch die Menge, einen kurzen Betonkorridor entlang und dann die Treppe hinunter. Wir saßen in der dritten Reihe in der Nähe der Tränenecke, und eine Familie musste aufstehen, damit wir uns zu unseren Plätzen durchquetschen konnten. Ein Tanz-Medley von „Last Christmas" – ich hasste den Song, obwohl ich jedes Wort mitsingen konnte – hallte durch die Arena, während der Zamboni stetig die Eisfläche reinigte und glättete, bis sie glänzte.

Nachdem ich meinen Eltern ihr Essen überreicht hatte, versuche ich, es mir bequem zu machen. Mal im Ernst, wer sollte auf die Sitze in einem Eisstadion passen? Ich war ziemlich dünn und nur knapp ein Meter achtundsechzig, aber selbst ich stieß mit den Knien an die Sitzlehne vor mir. Obaachan und die Kinder unter zehn neben mir waren die einzigen, die sich wohlzufühlen schienen.

Meine Mom, die auf der anderen Seite von meiner Oma saß, fragte: „Sam, bist du sicher, dass du nur Geld zu Weihnachten willst?" Sie tippte stirnrunzelnd auf ihrem Handy herum.

„M-hm. Es hat keinen Sinn, wenn ich die Sachen dann nach Hause schleppen muss."

Es war Mitte Dezember, und wir würden bald nach Toronto fahren, um Weihnachten mit Henry zu verbringen. Er würde ja auf keinen Fall über die Feiertage mit dem Training aufhören. An den Tagen, an denen die Eisbahn geschlossen war, würde er eine Zwangspause einlegen müssen. Aber er war viel zu fanatisch, um sich tatsächlich mal eine Woche freizunehmen oder so.

Ich vermisste die alten Tage, als Henry und Etienne noch in Vancouver trainiert hatten und ich sie beide sehen konnte, wann immer ich wollte. Es juckte mich in den Fingern, Etienne eine SMS zu schreiben, und ich öffnete meine Textnachrichten. Aber ich sollte ihn nicht ablenken, wenn ich nichts Konkretes zu sagen hatte. *„Ich vermisse dich"* wäre einfach nur schräg.

Nach der Vorstellung der Preisrichter und Funktionäre – was immer furchtbar lange dauerte – wurde die Deckenbeleuchtung vorübergehend gedimmt und die Musik wummerte im Takt mit den Stroboskoplichtern, als die sechs Eisläuferinnen, die im Einzel antraten, zur Vorstellung auf die Eisfläche kamen.

Wir beklatschten die einzelne Amerikanerin, zwei japanische Läuferinnen und drei Russinnen. Sonst sahen wir uns nicht immer alle vier Disziplinen an, wenn wir zu Henrys Wettkämpfen gingen. Aber bei den Grand-Prix – Finals traten nur die Besten an, und wir hatten Eintrittskarten für die ganze Veranstaltung.

Kurz bevor die Amerikanerin anfing – aber nachdem der Applaus bereits verklungen war – verkündete Obaachan: „In dem Kleid sieht sie aus wie eine Stewardess."

Mom und ich brachten sie gleichzeitig zum

Schweigen. Als Kind hatte ich bei einem von Henrys Wettkämpfen gnadenlos über einen anderen Eisläufer hergezogen, der bei jedem zweiten Sprung stürzte, obwohl meine Eltern mich zur Zurückhaltung mahnten. Wie sich herausstellte, hatte die Mutter dieses Eisläufers direkt hinter uns gesessen. Aber das wurde mir erst klar, als er später zu ihr ging, das Gesicht ganz rot und verschwollen vom Weinen. Seine Mutter warf mir einen vernichtenden Blick zu, und ich wäre am liebsten im Boden versunken.

Damals hatte ich es gehasst, zu Henrys Wettkämpfen mitgeschleift zu werden. Doch die Scham darüber, so *gemein* gewesen zu sein, blieb mir im Gedächtnis. Mit den Jahren hatte ich den Sport viel mehr zu schätzen gelernt, vor allem, nachdem ich mich in der neunten Klasse mit Etienne angefreundet hatte. Ich wusste, wieviel Kritik Eisläufer von allen Seiten einstecken mussten.

Allerdings hatte Obaachan mit dem Kleid nicht ganz unrecht – der Frau fehlte nur noch ein Schal um den Hals und ein Tablett mit Getränken.

Nachdem das Kurzprogramm der Frauen beendet war, gab es eine weitere Pause, bevor die Männer anfingen. Der Zamboni rumpelte erneut los, und ich kaute auf den Eiswürfeln aus meinem leeren Limonadenbecher herum. Der Stadionsprecher kündigte Überraschungsgäste an.

In der Tränenecke übernahm die Reporterin, die die Läufer nach ihrem Auftritt interviewte, das Mikro. Neben ihr stand ein bekanntes Paar, dessen Bild zu donnerndem Applaus auf der Anzeigentafel erschien.

Huh. Was machten Chloe Desjardins und Phillip Vincent hier? Sie hatten jahrelang das kanadische Eistanzen beherrscht und drei oder vier Weltmeisterschaften gewonnen. Vielleicht fünf? Sie waren als Favoriten für eine olympische Goldmedaille gehandelt worden, aber dann bei ihren Twizzles im Rhythmustanz gestürzt – diese perfekt synchronen schnellen Drehungen auf einem Fuß waren so etwas wie die Vierfachsprünge des Eistanzens. Die Russen hatten sie geschlagen.

Danach hatten sie sich aus dem Wettkampfsport zurückgezogen, also warum waren sie jetzt in Calgary beim Grand-Prix-Finale? Wahrscheinlich machten sie irgendwas Wohltätiges oder vielleicht irgendeine PR-Geschichte für den Sender. Wenn sie einfach nur als Zuschauer hier wären, hätten sie sich nicht so in Schale geschmissen. Cloes Lippen leuchteten in ihrem obligatorischen Rosa, und ihre goldenen Locken waren perfekt.

„Sie haben heute eine wichtige Ankündigung zu machen, nicht wahr?", fragte die Reporterin mit einem koketten Lächeln. Chloe und Phillipe lächelten genauso kokett. Sogar selbstgefällig, und das war komisch. Vielleicht hatten sie einen neuen

Werbevertrag? Verlobt waren sie ja schon, wenn auch noch nicht verheiratet.

Mein Magen krampfte sich zusammen. Ach du Scheiße. Nein. Sag's nicht. *Sag's nicht.* Sag's –

„So ist es, Karen! Wir kommen aus dem Ruhestand zurück und treten nächste Saison wieder an!", rief Chloe mit einem strahlenden Lächeln.

Fuuuuuuck.

Die Zuschauer rasteten völlig aus, jubelten und klatschten und twitterten wahrscheinlich schon die Neuigkeiten. Sogar meine Mom applaudierte, während Obaachan uns bat, zu wiederholen, was Chloe gesagt hatte.

Mom antwortete: „Chloe und Phillip kommen zurück!"

„Mom!", fauchte ich.

„Was?" Sie blinzelte, verwirrt über meine Empörung. „Das ist doch schön für sie. Sie hätten in Frankreich wirklich Gold gewinnen sollen."

„Nicht so schön für Etienne und Brianna!"

Es dauerte einen Moment, bis es ihr dämmerte. „Ah. Wieviele Plätze gibt es für uns im Eistanzen?"

„Zwei bei den Weltmeisterschaften dieses Jahr. Ich kann mir nicht vorstellen, dass sie sich hoch genug platzieren, um drei für die olympischen Spiele zu gewinnen."

Mein Herz raste, als ich nachrechnete. Wenn Etienne und Brianna es schafften, dieses Jahr an den Weltmeisterschaften teilzunehmen, müssten sie und das andere Team – bei dem es sich bestimmt um die amtierenden Landesmeister Anita Patel und Christopher Ferguson handeln würde – so gut abschneiden, dass ihre Platzierungen zusammen dreizehn ergaben.

Anita und Chris hatten letztes Jahr auf Platz sechs der Weltrangliste gestanden. Wenn sie das diesmal wieder schafften, müssten Etienne und Brianna siebte werden. So hoch würden sie unmöglich kommen, selbst wenn sie ihr Bestes gaben. Kanada würde bei den Olympischen Spielen nur zwei Startplätze im Eistanzen haben, und Etienne und Brianna waren angeschmiert.

Fuuuuuuck.

Ich entschuldigte mich bei der Familie neben mir, als ich aufsprang und praktisch über sie drüber krabbelte, um zum Mittelgang zu kommen. Die Eisfläche zu glätten würde noch eine Weile dauern. Dann kam noch die Vorstellung der Preisrichter für die Herren, da es für jede Disziplin eine andere Jury gab, und dann würden die Eisläufer sich warmmachen. Henry lief als fünfter, also hatte ich mit den ganzen Bewertungen und Replays genügend Zeit.

Ich musste mit Etienne reden.

Nachdem ich immer zwei Stufen auf einmal die Treppe hinaufgerannt war, schlüpfte ich durch die erstbeste offene Glastür nach draußen, da hier zu viele Leute waren, um ungestört zu reden. Im schwindenden Licht schlug mir ein eisiger Luftzug entgegen, und meine Finger wurden augenblicklich taub, als ich mein Handy hervorzog und wählte. Schneeflocken wirbelten um mich herum, und die Rockys waren in der Ferne kaum zu sehen.

Etienne nahm den Videoanruf fast sofort an und grinste in die Kamera. „Hey!" Er sah aus, als wäre er im Fitnessstudio. Kopfhörer baumelten an seinen Ohren, und hinter ihm erstreckte sich eine Reihe von Crosstrainern, von denen nur einer in Benutzung war. Er hielt eine Flasche Desinfektionsmittel hoch. „Ich mach' gerade die Geräte fertig."

Sein braunes Haar war feucht, und Schweiß glänzte in seiner Drosselgrube, also hatte er wahrscheinlich kurz zuvor noch trainiert. Er und Bree durften im privaten Fitnessstudio der Arena kostenlos trainieren, wenn sie dafür dort putzten.

Anscheinend hatte er sich ein paar Tage lang nicht rasiert, denn er hatte einen Bartschatten auf seiner blassen Haut. Seine Brusthaare lugten aus dem V-Ausschnitt seines T-Shirts hervor.

„Ähm, hallo?"

Ich merkte, dass ich ihn angestarrt hatte, und kehrte mit einem Ruck wieder in die Gegenwart zurück. „Ja! Hi! Wie läuft's?"

Er presste die Lippen zusammen und zuckte die Achseln. „Okay. Ich meine, es läuft gut. Mir geht's gut!"

Offen gesagt glaubte ich, dass Etienne in Hackensack todunglücklich war. Ja, er und Bree trainierten beim heißesten Coach in der Eistanz-Szene, aber sie schienen beide nicht glücklich zu sein. Es ärgerte mich, dass Etienne das nicht zugeben wollte, aber ich wollte ihn auch nicht nerven, indem ich drängte. Es war wie damals, als meine Oma noch geraucht hatte. Sie hatte selbst soweit kommen müssen, dass sie etwas ändern wollte.

Etienne kniff die Augen zusammen. „Wo bist du?"

„Vor dem Stadion." Fröstelnd trat ich beiseite, bis ich unter einem der großen Scheinwerfer stand, die gerade angingen. Es schneite, und ich bereute es, dass ich nur Jordans trug. Ganz abgesehen davon, dass ich nur mein Hoodie anhatte.

„Deine Haare!"

„Ach, ja." Ich strich über die Strähnchen. Vielleicht war das *wirklich* eine Schnapsidee gewesen.

„Ich find's super." Etienne ließ sein perfektes Lächeln aufblitzen. Er hatte sich letztes Jahr die Zähne richten lassen, nachdem ihn ein Funktionär darauf angesprochen hatte. Irgendwie vermisste ich seinen schiefen Eckzahn. Nicht, dass ich Zeit darauf verwendet hätte, über das Lächeln meines besten Freundes nachzudenken.

„Ja?" Ich war merkwürdig erleichtert. „Cool.

Danke.“

„Sieht so aus, als ob es schneit.“

Ich wischte mir Flocken aus den Haaren. „Ja, ein bisschen. Wie auch immer, ich wollte nur…“ Mist. Er hatte es offensichtlich noch nicht gehört. Wie sollte ich es ihm beibringen?

Seine dichten Augenbrauen gingen nach unten. „Was ist denn? Ist Henry im Kurzprogramm gestürzt?“

„Nein, er ist noch nicht gelaufen. Ich muss bald wieder rein. Die Sache ist die…“

Etiennes Stirnrunzeln wurde stärker, sein Blick huschte nach oben und seine Finger bewegten sich auf das Display zu. „Sorry, da kommen gerade eine Menge Textnachrichten rein.“

Na bitte, die Eiskunstlauf-Gerüchteküche brodelte bereits los. „Chloe und Phillipe kommen zurück“, platzte ich heraus.

Etienne hatte das Handy sinken lassen, um eine Hantelbank mit einem Tuch abzuwischen, und er fuhr ruckartig hoch, das Handy mit ihm. Er schaute von oben in die Kamera, und ich sah praktisch nur seine Nasenlöcher. „Was?“

„Sie haben bekanntgegeben, dass sie ab der nächsten Saison wieder an Wettkämpfen teilnehmen wollen. Sie sind hier in Calgary, und das ist ganz schön unverschämt, wenn man bedenkt, dass ihre Hauptkonkurrenten alle hier sind.“

Etienne wischte sich die Stirn. Jetzt atmete er

heftiger. „Sie kommen zurück?"

Ich nickte. „Tut mir leid. Ich weiß, das ist … Tut mir leid."

„*Tabarnak!*" Etienne sprach zwar fließend Englisch und hatte nur einen leichten französischen Akzent, aber wenn er sich aufregte, benutzte er immer diesen klassischen Quebecois-Fluch.

Er schloss die Augen, und, jawoll, aus diesem Winkel konnte ich direkt in seine geblähten Nasenlöcher schauen. Dann bewegte er sich, und die Kamera hüpfte herum und zeigte die Decke und die Wände. Nur Etiennes schweres Atmen war zu hören.

Ich schlang meinen freien Arm um mich, trat von einem Fuß auf den anderen und schlug meine Kapuze hoch, als der trockene Wind heranfegte und harter Schnee an meine Wangen prasselte. Etiennes Gesicht tauchte wieder auf, verkniffen und grimmig. Es sah aus, als wäre er jetzt in einer grauen Duschkabine.

„Tut mir leid", wiederholte ich.

Er nickte. „Wir dachten, vielleicht, aber…"

„Ist Bree auch da?"

Sein Mund wurde schmal, und er schüttelte den Kopf. „Heute war kein guter Tag für sie."

Mist. Sie hatte vor Monaten eine Gehirnerschütterung erlitten, und die Nachwirkungen dauerten viel länger als erwartet. „Meinst du, sie hat ihr Handy an?"

„Ja, obwohl sie das nicht sollte. Ich muss nach Hause.“

Etienne und Brianna teilten sich eine Wohnung in der Nähe ihres Trainingszentrums in New Jersey. Manchmal gingen sie sich gegenseitig auf die Nerven, aber Eislaufen war verdammt teuer.

„Okay. Ich sollte wieder reingehen. Henry ist gleich dran.“

Etienne nickte. „Ich hoffe, er macht es gut.“ Er schlucke mühsam, und sei Adamsapfel hüpfte. „Danke, dass du's mir gesagt hast. Dann werden wir wohl – ich weiß nicht.“ Nach kurzem Schweigen nickte er nochmal. „Danke, dass du's mir gesagt hast.“

„Ja, natürlich.“ Ich wollte etwas Beruhigendes sagen, brachte aber nichts weiter heraus als: „Bis später.“ Er warf mir ein angespanntes Lächeln zu und legte auf.

Mit klappernden Zähnen rannte ich zum nächstgelegenen Eingang und stellte mich in die Schlange. Es gab jede Menge Ausgänge, aber nur wenige Türen, durch die man hineinkam. Und weil heute ein Scheißtag war, wurde mir bewusst, dass ich kein Ticket hatte, weil meine Mom die alle auf ihrem Handy hatte.

Fuuuuuuck.

Kapitel Zwei

Etienne

WOFÜR DAS ALLES? Was hatte es für einen Sinn, wenn wir es nicht zu den olympischen Spielen schafften?

Die Fahrt zur Wohnung war nicht lang, aber es dauerte eine gefühlte Ewigkeit, bis ich vor meiner Tür stand. Mit dem Schlüssel in der Hand zögerte ich. Vielleicht schlief Bree ja schon. Es war noch nicht mal acht Uhr, aber sie brauchte den Schlaf. Vielleicht wusste sie noch gar nichts.

Ich wollte die Tür nicht aufmachen. Ich wollte weiter in einer Welt leben, in der der Verlust unseres Olympia-Startplatzes nicht real war. Brees Gesicht zu sehen würde das auf eine Art offiziell machen, mit der ich mich nicht befassen wollte. Ich umklammerte den Schlüssel so fest, dass sich die kleinen, gezackten Metallzähne in meine Haut gruben.

Nachdem ich einmal tief Luft geholt hatte – wie ich es auch immer vor einem Auftritt machte – drehte ich den Schlüssel im Schloss. Das enge Wohnzimmer war dunkel, und ich schaltete das Licht ein. Bree saß eingerollt auf der Couch, und sie und zuckte zusammen hielt sich hastig die Hand vor die Augen.

„Tut mir leid, tut mir leid", murmelte ich mit gedämpfter Stimme, während ich das Licht wieder ausschaltete und meine Jacke und meine Turnschuhe auszog. Blinzelnd wartete ich, bis meine Augen sich angepasst hatten. Die billigen Plastikjalousien waren hochgezogen, und die Straßenlaternen beleuchteten das durchgesessene Sofa und den ebenso schäbigen Sessel. Wenn es Bree besser gegangen wäre, wäre wahrscheinlich der Fernseher gelaufen.

„So", sagte sie.

„So." Ich ließ mich auf das andere Ende des Sofas fallen; ich war erschöpfter, als ich sein sollte, nachdem wir heute nicht hatten trainieren können.

„Ich kann's ihnen wohl nicht übel nehmen." Bree fummelte am Ende ihres unordentlichen Pferdeschwanzes herum. Im trüben Licht der Straßenlaternen wirkte ihr dichtes, honigblondes Haar dunkler als sonst. Sie hatte ihre langen Beine angezogen und unter eine flauschige Sofadecke gesteckt. Die ausgefransten Ärmel ihres Sweatshirts hingen tief über ihre Hände.

Ich hätte gern widersprochen, aber ich seufzte nur. Chloe und Phillip waren ein Team, das einmal in die Hall of Fame kommen würde. Ja, sie wollten eine weitere Chance auf eine olympische Goldmedaille. Ich hätte das auch gewollt. „Es ist trotzdem ätzend."

„Du sagst es." Ohne mich anzusehen streckte sie die linke Hand nach mir aus. Ich nahm sie automatisch und drückte ihre vertraute Hand. „Alle werden sagen, dass wir noch jung sind. Dass wir bis zu den nächsten olympischen Spielen dabeibleiben können."

Ich konnte ein Stöhnen nicht unterdrücken. Es stimmte – in fünf Jahren würden wir erst sechsundzwanzig sein. Auf jeden Fall jung genug, um im Eistanzen anzutreten. Aber Gott, wenn ich daran dachte, wieviel Arbeit das sein würde – was für eine endlose Plackerei – wollte ich nur noch ins Bett und mir die Decke über den Kopf ziehen.

Fünf weitere Jahre, in denen unsere Eltern jeden zusätzlichen Penny in unser Training stecken würden. Fünf weitere Jahre voller Verletzungen und Behandlungen. Fünf weitere Jahre, in denen wir versuchten, besser zu werden und wahrscheinlich nie gut genug sein würden.

Fünf weitere Jahre, bis ich wieder Klavier spielen konnte.

Ich atmete tief ein, als mich die Sehnsucht

packte. Manchmal träumte ich davon, wieder zu spielen, und wenn ich aufwachte, glitten meine Finger über imaginäre Tasten. Aber in unserer Schuhschachtel von einer Wohnung war kein Platz für ein Klavier, und ein elektronisches Keyboard war nicht dasselbe. Dadurch vermisste ich das Spielen auf einem echten Klavier nur umso mehr. Wenn ich nicht in der Snackbar der Eishalle arbeiten und auch noch im Fitnessraum putzen müsste, hätte ich versucht, einen Lehrer mit einem Klavier zu finden, das ich benutzen konnte.

Ich drückte Brees Finger und sagte: „Schauen wir mal, dann sehen wir's ja.“

„Ja.“

Schweigen machte sich breit, aber es war nicht unangenehm. Als wir uns mit vierzehn zusammengetan hatten, waren wir uns einig gewesen, dass wir immer eine Saison nach der anderen angehen würden. Doch da die Winterolympiade nächste Saison in Calgary stattfand, wollten wir natürlich dabei sein. Ein junges Team war uns dicht auf den Fersen, das diesen zweiten Platz in der kanadischen Mannschaft haben wollte, aber dafür mussten wir ihn erst einmal verlieren.

Doch jetzt würden Chloe und Phillipe die Nummer eins sein. Anita und Chris waren Nummer zwei. Wir würden wahrscheinlich dritte werden, aber das spielte keine Rolle, wenn es nur zwei Plätze in der Olympiamannschaft gab. Drei zu bekommen war realistisch betrachtet unmöglich.

„Es ist nicht fair", flüsterte Bree mit tränenerstickter Stimme.

Ich zog an ihrer Hand, und sie rückte näher an mich heran, kuschelte sich an meine Seite und unter meinen Arm. Ich küsste sie auf den Scheitel. „Nein, wirklich nicht."

Dabei wussten wir beide, dass Fairness nichts damit zu tun hatte. Es war ein Wettbewerb, und wenn zwei Teams besser waren als wir, dann war das fair.

Es war trotzdem scheiße.

Wir träumten beide schon seit unserer Kindheit von den olympischen Spielen. Wir waren so nah dran gewesen. Wir hatten zwei verdammte Jahre hier in Hackensack verbracht, fern von unseren Freunden und Familien, und ein Vermögen für ein paar mickrige Brocken Aufmerksamkeit von unserem Trainer bezahlt. Nach all dem jetzt nicht an den Spielen teilzunehmen…

„Wofür war das alles gut?", murmelte ich.

Bree drückte den Kopf an meine Schulter und schniefte laut. „Manchmal weiß ich das auch nicht."

„Weil wir gern Schlittschuh laufen?" Ich hatte den Sport schon immer geliebt. Ich hatte das Klavierspielen dafür aufgegeben. Aber jetzt fühlte ich mich wie ausgehöhlt.

Bree lachte humorlos und schniefte erneut. „Sollte das eine Frage sein?"

„Wahrscheinlich nicht? Wir tun es ja wirklich gern."

„Stimmt. Meistens jedenfalls. Wir brauchen es nicht immer gern zu tun."

„Richtig." Das war wahr. Aber ich wagte ihr nicht zu sagen, dass meine Liebe zum Eislaufen einem Fluss glich, von dem nur noch ein Rinnsal übrig war.

Sie fragte: „Hast du die SMS von Yaroslav gesehen?"

Ich war überrascht, dass er sich die Mühe gemacht hatte. Normalerweise war seine Assistentin Svetlana diejenige, die uns trainierte. Wir standen ganz unten auf der Leiter, aber wir waren in der Hoffnung hierhergezogen, in die obersten Ränge aufzusteigen. Manchmal war ich mir offen gesagt nicht sicher, ob wir dafür genug Talent hatten.

Ich sagte: „Noch nicht. Ich muss auch meinen Eltern noch antworten."

Yaroslav war derzeit der heißeste Coach im Eistanzen, ein ehemaliger russischer Meister, der den Code geknackt zu haben schien, wie man Sieger produzierte und die Preisrichter zufriedenstellte. Trainingszentren stiegen auf und gingen wieder unter; ein paar Jahre lang waren alle Spitzenpaare aus Detroit gekommen, dann aus Montreal und jetzt aus Hackensack, New Jersey.

„Er schreibt, und ich zitiere: ‚Das kann euch vernichten oder ihr könnt daraus hervorgehen wie Phönix aus der Asche.‘ Also bringen wir das Selbstmitleid besser jetzt hinter uns, bevor wir morgen wieder zum Training gehen.“

Ich schnaubte. „Ich erwarte ganz bestimmt kein Mitgefühl von Yaroslav.“ Und ich musste zugeben, dass wir tatsächlich in Selbstmitleid versanken. Einen Abend lang durften wir uns das erlauben. Bei dem Gedanken an das Training morgen früh bekam ich Bauchschmerzen. „Hast du dich übergeben?“

Sie atmete so heftig aus, dass der Luftstrom meinen Hals kitzelte. „Ich hab‘ versucht, es nicht zu tun.“

„Es ist *nicht* deine Schuld.“ Diese Gehirnerschütterung war brutal. An manchen Tagen konnte sie einfach nichts bei sich behalten.

„Inzwischen sollte es mir schon besser gehen.“

„Es ist nicht deine Schuld.“ *Ich hätte dich auffangen sollen.* „Hast du heute Abend schon was gegessen? Ich mache Suppe.“

„Ich hab‘ keinen Hunger.“

„Ich wollte sowieso Suppe kochen.“

„Okay.“

Ich hielt das Licht in der Küche gedämpft, während ich die Fleischbrühe aufwärmte. Diese verdammte Gehirnerschütterung – ich hasste es, dass ihr so oft schwindlig und übel war. An manchen Tagen schien es ihr so viel besser zu gehen und dann – *bam* – kam sie wieder kaum aus dem Bett.

Ich brachte ihr die Suppe, war aber zu nervös, um selbst schon etwas zu essen. Ich räumte die Küche auf und tigerte im dunklen Wohnzimmer herum, während sie langsam ihre Suppe aß, wobei der Löffel manchmal gegen die Schale klirrte.

Schließlich sagte sie: „Du machst mich ganz schwindelig. Geh laufen."

Obwohl ich vor meinem Putzdienst im Fitnessstudio bereits mein Cardio-Training absolviert hatte, schnürte ich nochmal meine Laufschuhe und zog Handschuhe und Mütze an. Die Nacht war grau und dunkel, aber es lag kein Schnee. Zu warm für vereiste Bürgersteige, was gut war.

Warm war vielleicht übertrieben, aber verglichen mit Quebec? Auf jeden Fall. Zuhause in Montreal hätte ich mehr angehabt. Es wehte kaum Wind, als ich meine übliche Runde durch den Vorort begann. Die alten Häuser waren ein bisschen heruntergekommen, wie unser Mietshaus, aber das war ganz okay.

Mit einem Schlag – *bam*, mitten ins Gesicht – vermisste ich Vancouver. Den nebligen Pazifik mit Treibholz am Strand. Berge in der Ferne. Langsamer zu laufen, damit Sam mithalten konnte. Wie Sam sich das Auto seiner Eltern lieh, damit wir nach Whistler fahren konnten. Mit Sam den

Stanley Park zu durchstreifen. Wie Sams braune Augen aufleuchteten, wenn er lachte. Wie Sam so tat, als wäre er schlecht in einem neuen Spiel, damit ich mich nicht ärgerte, wenn ich es nicht auf die Reihe bekam.

Sam, Sam, Sam.

Ich war vierzehn gewesen, als ich nach Vancouver zog, um mit Bree zu trainieren. Klar, Montreal würde in gewisser Weise immer mein Zuhause sein, aber ich vermisste es nicht so, wie ich Vancouver vermisste. Wie ich Sam vermisste.

Als wir nach New Jersey gezogen waren, um bei den erfolgreichsten Coaches der Welt zu trainieren, hatte ich meinen besten Freund zurückgelassen, weil wir diesen Schritt jetzt oder nie tun mussten. Aber war es das alles überhaupt wert? Bree war verletzt, und ich vermisste Sam, und wir arbeiteten jeden Tag so hart.

Während ich eine weitere Runde um einen Häuserblock drehte, befahl ich mir, nicht mehr an Sam zu denken. Andere Leute gingen an die Uni und lebten auch nicht mehr am selben Ort wie ihre besten Freunde. Das war normal. Ich sollte ihn nicht so sehr vermissen. Ich sollte nicht so viel an ihn denken.

Ich sollte… viele Dinge nicht tun. Es gab viele Dinge, die ich nicht tun sollte, wenn es um Sam ging.

Auf dem Rückweg nahm ich die Treppe nach

oben und atmete ein bisschen schwerer, als ich im zehnten Stock ankam. Bree saß immer noch auf der Couch, und in der Wohnung war es wieder völlig dunkel. Als ich die Schuhe auszog, fragte sie: „Hast du mit Sam geredet?"

„Von ihm habe ich es ja erfahren. Chloe und Phillipe sind in Calgary. Er hat den Anfang vom Herren-Einzel verpasst, weil er mir gleich Bescheid geben wollte."

Während ich ein Glas Wasser kippte, lachte Bree leise. Ich fragte: „Was?" und ließ mich auf die andere Seite der Couch plumpsen.

„Unser Traum von Olympia ist wahrscheinlich geplatzt, aber du kannst immer noch dieses Gesicht machen."

Ich schnaubte. Ich wusste, was sie meinte – so ahnungslos war ich dann auch wieder nicht – aber ich fragte trotzdem: „Was denn für ein Gesicht?"

Ihre Augenbrauen gingen hoch. „Oh, das merkst du nicht? Lass mich erklären."

Stöhnend schüttelte ich den Kopf. Es war immer ein Fehler, Brees Neckereien *nicht* zu ignorieren. Immer. Wenigstens schien es ihr nach der Brühe besser zu gehen.

„Wenn es um Sam geht, hast du immer diesen total albernen, sanften Gesichtsausdruck. Dein Blick geht in die Ferne, als würdest du dir gerade sein hübsches Gesicht vorstellen, und du lächelst ein bisschen. Das ist dein Sam-Lächeln. Sonst sehe ich es nie."

„Das ist nicht wahr", murmelte ich. „Du kannst mich ja kaum sehen." Schließlich saßen wir im Dunkeln.

„Ich sehe dich." Sie setzte sich seitlich hin und stupste meinen Schenkel mit den Zehen an. „Außerdem wüsste ich sogar mit verbundenen Augen, dass du gerade ein Sam-Lächeln machst." Ihr Tonfall wurde ernst. „Ganz ehrlich, das ist in letzter Zeit dein einziges echtes Lächeln."

Ich rutschte unbehaglich auf meinem Sitz herum. „Das ist nicht wahr." Ja, nach Brees Gehirnerschütterung war diese Saison angespannt und stressig geworden. Wenn ich schneller gewesen wäre, dann wäre das gar nicht passiert. Ich warf ihr ein Auftritts-Lächeln zu. „Siehst du?", sagte ich durch die Zähne.

Sie verdrehte die Augen. Eine Zeitlang saßen wir schweigend da, dann fragte sie: „Willst du's ihm nicht irgendwann mal sagen?"

Ich zuckte zusammen und starrte sie an. „Was soll ich ihm sagen?"

„Muss ich dir das wirklich erst buchstabieren? Das kann ich machen, aber—"

„Nein!" Ich hielt die Hand hoch. Ich war nicht ganz ahnungslos, was meine Gefühle betraf, aber das hieß noch lange nicht, dass ich darüber reden wollte. „Und machst du Witze? Auf keinen Fall. Nie im Leben. Vergiss es."

„Wow. Du gibst es praktisch zu.“ Sie klang aufrichtig schockiert, beugte sich vor und drückte meinen Unterarm. Selbst im schwachen Schein der Straßenlaternen sah ich, wie ernst sie war. „Du bist in ihn verliebt. Stimmt’s?“

Moment mal. Nein. Wo waren wir denn hier reingeraten? Nach jahrelanger Frotzelei redeten wir jetzt wirklich ernsthaft darüber? Ich war wohl von den großen Neuigkeiten des Tages noch ganz neben der Spur. Meine üblichen Abwehrmechanismen versagten. Darüber redete ich nie. Niemals.

Aber Bree sah mich mit so viel Liebe und Mitgefühl an und als wollte sie mich anflehen, ehrlich zu ihr zu sein. Anscheinend waren ihre Abwehrmechanismen auch geschwächt, nachdem sie schon monatelang so krank war.

In diesem Moment, nachdem ich es so lange mit einem Lachen abgetan hatte, musste ich ehrlich zu Bree sein. Das hatte sie verdient. Ich hielt den Atem an und nickte.

Sie packte mich am Arm. „Dann sag’s ihm.“ Als ich den Kopf schüttelte, fragte sie: „Warum denn nicht? Es ist wie eine Wolke, die über dir hängt.“

„Weil er mein bester Freund ist! Mein *heterosexueller* bester Freund.“ Tabarnak! Es war bizarr, das laut auszusprechen. Heute Morgen beim Aufwachen hätte ich nicht gedacht, dass dieser Tag mit der Rückkehr von Chloe und Phillipe in den

Wettbewerb und dem Eingeständnis meiner Liebe zu meinem besten Freund enden würde.

„Da bin ich mir nicht so sicher."

Mein Herz pochte, als würde ich wieder laufen. „Was? Sam ist hetero."

„Bevor wir aus Vancouver weg sind, hatte ich den Eindruck, als wäre er scharf auf dich. Wie er dich angeschaut hat, das war irgendwie anders."

„Nie im Leben." Meine Kehle wurde trocken. „Sam steht nicht auf mich! Er trifft sich nur mit Mädchen."

„In der Highschool. Aber jetzt ist er an der Uni. Wir sind schon vor zwei Jahren weggezogen. Woher willst du wissen, dass er nicht herumexperimentiert hat?"

Der Gedanke, dass Sam mit anderen Männern zusammen sein könnte, ließ mich aufspringen und auf dem billigen, gepunkteten IKEA-Teppich auf und ab laufen. Das war mir nie in den Sinn gekommen. Ich hasste es. Ich hasste es so sehr, dass ich nicht wusste, ob ich kotzen oder brüllen oder barfuß nach draußen rennen sollte.

Bree stieß einen leisen Pfiff aus. „Du bist anscheinend doch eifersüchtig."

„Ich bin nicht eifersüchtig! Und Sam vögelt nicht mit anderen Männern! Oder überhaupt mit Männern. Und er will nicht mit mir ins Bett."

„Okay. Tut mir leid." Sie verzog das Gesicht. „Aber danke, dass du's mir gesagt hast. Ich meine, ich hab's schon immer gewusst, aber danke."

Ich bückte mich und küsste sie auf die Wange. „Wenn ich es überhaupt jemandem hätte sagen wollen, dann natürlich dir." Sam war mein bester Freund, aber Bree war meine beste Freundin. Nur auf andere Art. „Du stehst immer hinter mir."

„Immer, Babe. Ich will nur, dass du glücklich bist." Sie hob die Hand und zählte an den Fingern ab. „Du bist am glücklichsten, wenn du Klavier spielst, wenn Sam in der Nähe ist und wenn wir auf dem Eis gut abschneiden. Und wenn Sam in der Nähe ist." Sie tippte ihren kleinen Finger an. „Hab ich schon ‚Wenn Sam in der Nähe ist' gesagt?"

Ich machte den Mund auf, um zu widerspre-chen, konnte aber nur mit „Er ist mein bester Freund" aufwarten.

Sie seufzte. „Ich weiß. Und was gut ist, will man nicht ruinieren, stimmt's? Hey, du solltest mal schauen, ob er nach Tremblant kommen kann. Wenn er über Weihnachten in Toronto ist, kann er vielleicht für ein paar Tage weg. Das ist nicht allzu weit."

Ich war so mit dem Training und mit den Sorgen wegen Brees Gehirnerschütterung beschäftigt gewesen, dass ich daran gar nicht gedacht hatte. Mein Herz setzte einen Schlag aus. „Vielleicht?"

„Deine Familie ist dann in Florida bei deinen

Großeltern und ich bin mit Tim zusammen. Ich kann's kaum erwarten, ihn zu sehen. Hab' ich das schon gesagt?"

Ich verzog keine Miene. „Tim? Wer ist das? Nie von ihm gehört."

„Oh, hab' ich dir nicht erzählt, dass ich seit der Highschool mit diesem Typen zusammen bin und dass Fernbeziehungen echt scheiße sind? Er fliegt von Vancouver her, und ich werde jede Sekunde, in der ich nicht mit dir auf dem Eis bin, mit ihm zusammen verbringen." Ihr Lächeln verblasste. „Vorausgesetzt, dass ich überhaupt skaten kann und dass mein blöder Kopf nicht alles ruiniert. Weil wir nämlich so viele Shows machen müssen, wie wir nur können, wenn wir weiterhin das Geld für unsere Zeit auf dem Eis und das Coaching haben wollen. Aber wenn Chloe und Phillip zurückkommen, spielt das alles vielleicht gar keine Rolle mehr, weil wir es sowieso nicht zu den Spielen schaffen. Vielleicht nicht mal in die nächste Weltmeisterschaft."

Ich schluckte mühsam. „Dein Kopf ist nicht blöd."

Sie zuckte zusammen, als sie aufstand, und ich fasste sie rasch an den Schultern und stützte sie. Sie murmelte. „Babe, ich bin okay. Mir ist nicht mehr schwindlig – hab' nur Kopfschmerzen."

Trotzdem begleitete ich sie zu ihrem Bett und holte ihr ein Glas Wasser, damit sie nicht aufstehen musste, falls sie nachts Durst hatte. Sie lächelte traurig und dankte mir. Keiner von uns erwähnte nochmal unseren Traum von Olympia.

Bereits an der Tür flüsterte ich: „Meinst du wirklich, dass Sam auf mich steht?"

„Ja, ich glaube schon. Aber ich weiß es nicht sicher. Ich könnte ihn fragen, wenn du—"

„Nein! Bloß nicht. Frag' ihn nicht."

Sie lächelte. „Ich frage ihn nicht, versprochen. Schlaf gut."

Unter einem dünnen Rinnsal von heißem Wasser schrubbte ich mich vor dem Schlafengehen sauber und versuchte, nicht mehr an Sam zu denken. Schon gar nicht an Sam und andere Männer. Ob er am Ende der Highschool wirklich scharf auf mich gewesen war? Da lag Bree bestimmt falsch. Das konnte unmöglich sein.

Wenn Sam nicht hetero wäre, hätte er mir das gesagt. Wir waren beste Freunde, und ich war schwul. Sein Bruder war schwul. Er hatte in der Highschool dabei geholfen, die Trans-Rechte-Initiative zu organisieren. Er hätte es mir ganz sicher gesagt.

In meinem Handtuch auf den gepunkteten Teppich tropfend ging ich wieder rastlos auf und ab. Mein Verstand wechselte ständig zwischen der Panik, dass Chloe und Phillipe unseren Platz einnehmen würden, und dem Gedanken, dass Sam meine Gefühle erwidern könnte, hin und her. Dass

Sam nicht hetero war.

Möglich war es natürlich – er könnte bi oder pan oder sonstwas sein. Viele Leute identifizierten sich in ihrer Jugend als hetero und merkten dann, dass sie es nicht waren. Könnte Sam es mit Männern treiben und mir aus irgendeinem Grund nichts davon erzählt haben?

Ich war total aufgedreht, und selbst als ich ins Bett ging und die Augen schloss, gab mein Hirn *einfach* keine Ruhe. Olympia, Sam, Olympia, Sam, Brees Gehirnerschütterung, Geld, Sam, Olympia – war es all die Opfer wert? War Sam mit anderen Männern zusammen?

Wenn ja, warum war er dann nicht mit mir zusammen?

Ich fühlte mich wie nach einer Pirouette auf dem Eis, und mein Hirn beschloss, sich auf die Vorstellung von Sam und mir einzuschießen.

Nackt.

Mein Schwanz fuhr total auf diese Vorstellung ab, und ich ebenso. Vor allem, wenn ich mir Sam in meinem Bett vorstellte. Ich schlief nackt, und ich kramte in der Schublade neben dem Bett nach dem Gleitgel. Sobald alles schön schlüpfrig war, begann ich zu wichsen und zwickte mich dabei fest in die Brustwarzen.

Ich hatte schon unzählige Male davon geträumt, so mit Sam zusammen zu sein. Ich hatte seinen nackten Körper schon öfter zufällig gesehen – im Umkleideraum nach dem Fitnessstudio oder wenn ich bei den Sakaguchis übernachtete. Er war seither etwas kräftiger geworden. Aber sein Körper war nicht einmal das, wovon ich träumte.

Es war die Art, wie er manchmal so herzlich lachte, dass es schon ein Prusten war. Es war dieses Lächeln, das sich anfühlte, als würde mir die Sonne das Gesicht wärmen.

Aber ich konnte nicht abstreiten, dass ich total darauf abfuhr, mir vorzustellen, dass Sam mich küsste. Mich überall anfasste. Ich kickte die Decke weg, zog die Beine an und drückte mit glitschigen Fingern gegen meine Dammgegend, bevor ich mir den Mittelfinger in den Anus steckte.

Mit einem unterdrückten Stöhnen beugte ich die Hüften und krümmte den Finger, um an meine Prostata zu kommen. Ich schnappte nach Luft und bemühte mich, möglichst leise zu sein, weil die Wände so dünn waren. Fuck, mir den Finger reinzustecken war echt geil. Mitgerissen von den Wellen der Lust bearbeitete ich schweratmend mit der anderen Hand meinen Schwanz.

Manchmal setzte mein Verstand völlig aus, wenn ich das machte. Aber heute drehte sich alles um Sam. Sam auf mir zu haben und die Beine für ihn zu spreizen, mich von ihm ficken zu lassen. Wie er mir ins Ohr stöhnte, mich küsste, verschwitzt und ungestüm und *lächelnd.*

Voller Anspannung zog ich meine Vorhaut zurück und verteilte die Tropfen, die aus meinem Schwanz quollen, mit dem Daumen über die Eichel, während ich meine Prostata rieb. Spielte Sam auch an seinem Arsch herum? Würde ihm das gefallen? Was würde er denken, wenn er mich jetzt sehen könnte?

Mein Rücken wölbte sich bei der Vorstellung, dass Sam mir zusah. Würde er das geil finden? Würde er in mir kommen – oder mich vollspritzen?

Erschauernd spritzte ich ab und stellte mir dabei vor, es wäre Sams Wichse, die auf meinem Bauch landete und in meine Brusthaare kleckste. Stellte mir vor, er würde auf mich herablächeln, mit seinen verwuschelten frisch gesträhnten Haaren und tiefen Grübchen in den Wangen.

Mein Handy vibrierte summend auf der Matratze, und ich erschrak fast zu Tode, als Sams Gesicht auf dem Display erschien, blendend hell in der Dunkelheit. Nackt und von oben bis unten mit Sperma bekleckert konnte ich keinen Videochat machen, daher lehnte ich den Anruf ab, rief aber direkt zurück.

„Hey", sagte ich. „Tut mir leid, aber für Video ist es zu dunkel." Das war nicht gelogen, jedenfalls nicht direkt.

„Schon okay. Geht's dir gut? Du hörst dich an, als wärst du am Trainieren."

Ich konzentrierte mich darauf, ruhiger zu atmen. „Bin nur zum Telefon gerannt. Wie hat Henry abgeschnitten?" Ich hatte nicht einmal die Ergebnisse nachgeschlagen.

„Gut! Ich hab's gerade noch rechtzeitig wieder rein geschafft, um ihn zu sehen. Ich hatte mein Ticket nicht dabei, aber einer der Freiwilligen hat mich erkannt und die Kontrolleure überzeugt, dass Henry Sakaguchis Bruder ganz bestimmt nicht versuchen würde, sich reinzuschmuggeln. Jedenfalls ist er fehlerfrei gelaufen, aber er ist trotzdem zweiter geworden. Die Preisrichter finden zur Zeit einfach alles toll, was Theo macht. Wahrscheinlich könnte er mitten auf der Eisfläche in der Nase bohren und trotzdem gewinnen, solange er nur seine Sprünge sauber landet."

„Henry muss ihn ja mehr denn je hassen." Obwohl die Entscheidung natürlich bei den Preisrichtern lag, war es manchmal schwer, es gewissen Eisläufern nicht übel zu nehmen, wenn sie unverdientermaßen tierisch gute Wertungsnoten bekamen.

Sam schnaubte. „Das redet er sich zwar ein, aber Henry ist ein viel zu großer heimlicher Softie, um Theo wirklich zu hassen. Es ist echt süß, dass er es versucht." Nach einer Pause fragte er: „Wie geht's dir?"

„Gut." Mit einem Ruck zog ich die Bettdecke über mich. Mein Gesicht glühte, obwohl Sam mich nicht sehen und unmöglich wissen konnte, dass ich gerade gewichst hatte.

Oder dass ich dabei an ihn gedacht hatte.

„Jetzt komm schon, Mann.“

„Ja, okay. Nicht so toll. Ich will eigentlich gar nicht darüber reden. Ich weiß nicht, was ich denken soll. Wir haben so viele Jahre so hart gearbeitet, und jetzt…“

„Ja. Es ist nicht fair. Ich meine, das ist es schon, aber es ist trotzdem nicht fair.“

„Genau.“

Ich brauchte Sam nichts zu erklären. Gott, das war so ein fantastisches Gefühl, und ich vermisste ihn so sehr, dass ich Angst hatte, ich würde gleich anfangen zu weinen. Telefonieren und SMS schreiben und League spielen war alles schön und gut, aber ich musste ihn sehen. Ich brauchte meinen besten Freund.

„Kannst du nach Mont Tremblant kommen? Ich weiß, du musst Weihnachten mit deiner Familie verbringen, aber nur für ein paar Tage? Es wäre cool, dich mal wieder persönlich zu sehen.“

Er schwieg, und ich war schon drauf und dran, „vergiss es“ zu sagen, da meinte er: „Das wäre *super*. Ich muss auf jeden Fall meinen Opa in Toronto besuchen, aber lass mich Mom und Dad fragen. Henry ist es egal. Aber weißt du, ob ich dort irgendwo übernachten kann? Ich bin mir nicht sicher, ob ich mir ein Hotelzimmer in

Tremblant im Dezember finanziell leisten kann.“

„Du kannst bei mir wohnen! Die Darsteller haben alle eine eigene kleine Hütte. Sie bezahlen uns nicht viel, deshalb kriegen wir das als Bonus. Der Ausblick ist wahrscheinlich nicht so toll, aber…“

„Scheiß auf den Ausblick. Solange wir nur zusammen abhängen können. Ich vermiss‘ dich, Mann.“

Mein Herz pochte wie verrückt. Jetzt, nachdem Bree mir diesen Floh ins Ohr gesetzt hatte, konnte ich nicht anders, als zu hoffen. Erwiderte Sam etwa meine Gefühle? War es möglich?

Nein. Ich durfte mich da nicht in etwas verrennen. Ich sagte: „Das wird ein hammermäßiges Weihnachten.“

Sam war mein bester Freund und nichts weiter. Wir würden uns zum ersten Mal seit viel zu langer Zeit wieder persönlich sehen, und das war alles. Das war mehr als genug.

Kapitel Drei

Sam

HEILIGE SCHEIßE. WER auch immer diese hehren Hallen dekoriert hatte, stand *total* auf Weihnachten und hatte eine *lange* Leiter.

Mit meinem schweren Seesack auf der Schulter drehte ich mich im Kreis. Die Lobby des Pinnacle Resort hatte eine Massivholzdecke mit freiliegenden Balken, die mit roten Glitzergirlanden und grünen Tannenzweigen geschmückt waren. Die Tannenzweige sahen echt aus, aber ich war mir nicht sicher, weil sie so ewig weit oben waren.

Das Hotel war nicht nur riesig, sondern auch extrem schick und stinkvornehm. Alles sah brandneu aus, was es wohl auch war, da das Resort erst im Sommer eröffnet hatte. Überall Glas, Holz und Samt, aber ganz modern gestaltet. Abgesehen von den Angestellten hinter der langen Empfangstheke waren nur wenige Leute hier.

Die Vorderwand der mit Marmor ausgelegten Lobby bestand aus einem riesigen Fenster, von dem man einen wunderbaren Blick auf das Dorf Mont-Tremblant im Tal hatte. Die Beleuchtung war hell und festlich in der abendlichen Dämmerung. Der Weihnachtsbaum in der Ecke war so groß, dass ich mich ernsthaft fragte, ob da ein Feuerwehrauto vorbeigekommen war und seine Leiter ausgefahren hatte.

Der Baum war in Gold und Silber geschmückt, und der Stern auf der Spitze funkelte. Eine Instrumentalversion eines Weihnachtslieds spielte leise, und es roch nach Zimt und frischem Tannengrün. Ich mochte Weihnachten, wie jeder andere auch – die Geschenke, das leckere Essen und die freien Tage waren super – aber das hier zeigte eine geradezu *professionelle* Hingabe an Weihnachten. Das war auf einem höheren Niveau.

„Joyeux Noël! Frohe Weihnachten!"

Als ich mich umdrehte, stand eine junge Frau in marineblauer Hoteluniform hinter mir und streckte mir ein Tablett mit originalgroßen Zuckerstangen und in Folie verpackten Pralinen entgegen. Wenigstens nahm ich an, dass es Pralinen waren, da sie die Form von Schokotrüffeln hatten. Mit einem strahlenden Lächeln bot sie mir das Tablett an.

Ihr dunkles Haar war auf dem Kopf zu einem

Knoten gewunden, und ich hätte schwören können, dass ihre dunkle Haut leicht mit Gold bestäubt war – aber vielleicht war das die Reflexion der Deko. Oder teures Rouge von Sephora.

Ich steckte meine Handschuhe in die Jackentasche. „Danke! Frohe Weihnachten." Mein Magen knurrte, aber ich begnügte mich mit einer Zuckerstange und zwei Pralinen, was wahrscheinlich trotzdem zu viel war.

Sie zeigte keine Missbilligung. „Sind Sie gerade erst angekommen?"

„Ja. Ich bin mit dem Bus von Toronto gekommen. In meiner Familie gab es die Geschenke und so schon gestern an Heiligabend."

Als ob sie das interessieren würde. Warum laberte ich so drauflos? Ich war merkwürdig nervös. Wahrscheinlich weil ich mich in diesem Hotel, das ich mir nicht leisten konnte, deplatziert fühlte? Mir wurde bewusst, dass ich noch nie ohne meine Familie verreist gewesen war.

„Wie schön. Sind Sie Skifahrer?"

Ich deutete auf meine gelbe, mit Schwarz abgesetzte North-Face-Daunenjacke. „Nein, die ist nur Show. Und um mich warmzuhalten. Ich hab's in Whistler ein paarmal mit Snowboarding versucht, aber darin bin ich ganz mies."

Sie schmunzelte mit strahlend weißen Zähnen und professioneller Freundlichkeit. „Wenn Sie Unterricht nehmen möchten, können wir das gern für Sie arrangieren.“

„Oh, das kann ich mir nicht leisten. Ich wohne nicht mal wirklich hier im Hotel.“ Plötzlich hatte ich Angst, sie würde mir gleich die Security auf den Hals hetzen. Warum war ich so nervös?

Aber ihr Lächeln wurde nicht schwächer. „Wollen Sie einen Gast besuchen?“

„Ja, meinen besten Freund.“ Freudige Erregung durchströmte mich. „Er ist Eiskunstläufer in der Weihnachtshow hier. Er tritt heute Abend auf, deshalb wollte ich solange in seinem Zimmer chillen.“

„Ah, einer unserer Gastkünstler. Ich glaube, die Eisläufer sind in unseren Personalunterkünften in Spruce Grove untergebracht. Wenn Sie bitte einen Moment warten möchten, dann schaue ich mal, ob Sie im System sind. Wie heißt denn Ihr Freund? Und wie heißen Sie? Ich bin Alice.“

„Sam Sakaguchi. Mein Freund heißt Etienne Allard. Danke für Ihre Hilfe.“

Ich drückte mich in der Nähe des Weihnachtsbaums herum. Es war kurz nach sieben am ersten Weihnachtstag, und die meisten Gäste waren wahrscheinlich beim Abendessen.

Tatsächlich musste das Restaurant ganz in der Nähe sein, denn ich konnte den Duft von gebratenem Fleisch riechen, und mir lief das Wasser im Mund zusammen. Auf der Busfahrt nach Montreal hatte ich bei einem Zwischenstopp ein mittelmäßiges Eiersalat-Sandwich zu Mittag gegessen, und ich freute mich auf ein richtiges Essen.

Alice kam zurück. „Ihr Name ist nicht im System vermerkt, deshalb kann ich Ihnen leider keinen Schlüssel für die Unterkunft geben.“

Ich stöhnte innerlich. Neben einer anständigen Mahlzeit hatte ich mich auch auf eine heiße Dusche gefreut, um mir den Schmutz von der Busfahrt abzuwaschen. Sie hatte fast zehn Stunden gedauert. „Kann ich meine Tasche hier unterstellen? Dann geh‘ ich solange runter ins Dorf, was essen.“

„Natürlich. Oder möchten Sie sich die Show ansehen? Sie beginnt demnächst, und vielleicht ist noch ein Platz frei.“ Sie zog eine gründlich gezupfte Augenbraue hoch, und ihre professionell einschmeichelnde Stimme nahm einen aufrichtigeren Klang an. „Das heißt, falls Sie sich für Eiskunstlauf interessieren.“

Etienne jetzt gleich zu sehen? Aber klar doch. Das Essen konnte warten. „Oh ja, sehr. Das wäre super.“ Ich hatte wieder dieses komische nervöse Flattern im Magen. Endlich würde ich Etienne persönlich wiedersehen. Das letzte Mal hatten wir uns vor über einem Jahr gesehen, bei einem Wettbewerb, an dem auch Henry teilgenommen hatte.

Aber das war dumm. Ich hatte ihn x-mal auf

dem Handy gesehen. Erst heute Morgen, als er mich mit verwuschelten Haaren und Bartstoppeln angerufen hatte, um mir frohe Weihnachten zu wünschen. Es gab überhaupt keinen Grund, nervös zu sein.

Ich hatte die Trüffel zerdrückt, was ich zu spät bemerkte, da die Schokolade in meiner schweißigen Hand weich geworden war. Inzwischen würde ich sie aus dem Einwickelpapier lecken müssen. Verführerisch, aber ich warf die Trüffel in den diskret aufgestellten Mülleimer und steckte die in Plastikfolie verpackte Zuckerstange für später in die Tasche.

Alice verstaute meine Tasche im Gepäckraum und führte mich dann aus der Lobby und einen Flur entlang. Sie erklärte, dass es im Resort sowohl eine 1500-Quadratmeter-Eissporthalle als auch einen Outdoor-Schlittschuhweg gab, der sich durch einen flachen Teil des Waldes schlängelte.

Ich nickte und versuchte, aufmerksam zuzuhören, während wir an Konferenzräumen vorbeigingen. Mein Puls raste und mein Magen rebellierte. Ich hatte Hunger, deshalb war ich so komisch drauf. Aber ich durfte mich ja wohl darauf freuen, Etienne wiederzusehen. Natürlich durfte ich das.

Denn so toll Technologie auch war, es war nicht dasselbe, wie meinem besten Freund persönlich gegenüberzustehen. Ihn in die Arme zu nehmen. Sein Rasierwasser zu riechen – einen frischen Meeresbriese/ Rosmarin-Duft, den Bree ihm jedes Jahr zu Weihnachten schenkte, weil sie diesen Duft liebte. Sie scherzten, dass sie das auch nach dem Ende ihrer Eislaufkarriere weiterhin tun würde, weil er sonst wieder auf das billige Adidas-Rasierwasser zurückgreifen würde, das er vorher benutzt hatte.

Was Bree ihm schenkte, war Armani. Nicht superteuer, aber trotzdem roch es wirklich gut. Als meine Mutter letztes Jahr zu Thanksgiving Rosmarin-Kartoffelpüree gemacht hatte, musste ich ständig daran denken, Etienne zu umarmen.

„Sam?"

Ich stellte fest, dass Alice stehengeblieben war und mich ansah. Ich sagte: „M-hm?"

„Hier entlang." Sie deutete auf einen langen, verglasten Laufgang, der mit goldenen Lichterketten, roten Schleifen und Stechpalmenzweigen geschmückt war, die von den freiliegenden Deckenbalken herabhingen. Der Flur vor den Konferenzräumen war mit Teppich ausgelegt gewesen, aber hier bestand der Fußboden aus dem gleichen Marmor wie der in der Lobby. Meine Timberland-Stiefel quietschten. „Hier zu wischen muss ja ein Vollzeitjob sein."

Sie grinste. „Jau."

Ich konnte in der Ferne hinter dem Hotelkomplex erleuchtete Hütten sehen, und Alice erklärte, dass das Resort sowohl über ein Hotel im Hauptgebäude mit der Lobby als auch über eigenständige Hütten in verschiedenen Bereichen des Geländes verfügte.

In der Arena sprach Alice mit einem Mann in einem Anzug, und schon bald hatte ich einen Platz in der hintersten Reihe. Es gab insgesamt nur zehn Sitzreihen und keine Banden um die Eisfläche. Das Ganze wirkte recht klein, aber nicht auf unangenehme Weise. Es war… wie sollte ich es ausdrücken… intim.

Die Sitze waren gepolstert und tatsächlich bequem, was ein kleines Wunder war. Ich machte den Reißverschluss meiner Daunenjacke auf und lächelte die ältere Frau neben mir entschuldigend an, während ich mich herauswand. Die meisten Zuschauer mussten wohl durch den verglasten Gang gekommen sein, da sie keine Mäntel trugen. Und so bequem die Sitze auch waren, sie boten trotzdem nicht viel Beinfreiheit. Wenigstens saß ich ganz außen am Gang, und eine Freikarte für Etiennes Auftritt war ein tolles Weihnachtsgeschenk.

Die Lichter wurden gedimmt, und die Eröffnungssequenz für „All I Want For Christmas" erklang. Als der Song richtig losging, schoss ein Eisläufer in enganliegend roten Hosen und einem noch engeren grünen T-Shirt hinter dem Vorhang des Zugangstunnels hervor, ein breites Grinsen auf dem Gesicht. Ich blinzelte überrascht, als ich Theo Sullivan erkannte, den Erzrivalen meines Bruders. Ich hätte nicht gedacht, dass in dieser Show so große Stars auftraten.

Bree und Etienne waren zwar super, aber sie hatten kein „Stars on Ice" – Niveau wie Theo und Henry. Theo spulte eine Dreifach-Lutz-Dreifach-Toeloop-Kombi herunter, als wäre das nichts. Für ihn war es das wahrscheinlich auch, da er normalerweise Vierfache sprang.

Seine Sprünge waren fantastisch – nicht, dass ich das je sagen würde, wenn Henry in Hörweite war – und es machte Spaß, ihm dabei zuzusehen, wie er sich vor dem Publikum in Szene setzte. Theo lief nicht so flüssig und elegant wie Henry, aber er konnte eine Show abziehen.

Nach Theos Solo kamen die übrigen Läufer für eine Gruppennummer zu „Jingle Bells Rock" auf die Eisfläche. Die männlichen Läufer trugen alle dasselbe Outfit wie Theo, während die Frauen mit Weiß verbrämte Nikolaus-Kleidchen trugen. Ich jubelte Etienne und Bree zu, als sie angekündigt wurden, steckte die Finger in den Mund und pfiff.

Die Dame neben mir schaute mich ganz komisch an, aber egal. Ich sorgte nur dafür, dass mein bester Freund den Applaus bekam, den er verdiente. Bree und Etienne führten in einer Ecke der Eisfläche ihre gedrehte Helikopter-Hebung aus, bei der Bree auf seiner Schulter saß, ihre langen Beine nach vorn und hinten gestreckt, während er sich drehte.

Die Läufer trafen sich an einem Ende der Eisfläche und glitten in einer choreographierten Sequenz über das Eis. Etienne lächelte und machte keine Fehler, aber ich konnte ihm ansehen, dass er angespannt war und sich konzentrieren musste. Sie hatten diese Nummer erst vor ein paar Tagen einstudiert.

Es war mir schleierhaft, wie Etienne in diesem Kostüm überhaupt atmen konnte, geschweige denn Schlittschuh laufen und mit dem Hintern wackeln. Allerdings sah sein Arsch in dieser roten Hose großartig aus. Nicht, dass ich wirklich hingeguckt hätte oder so. Ich war es gewohnt, dass er in allem, was er anhatte, wie ein Model aussah.

Die Aufführung ging ohne Pausen über fünfundsiebzig Minuten, und das war perfekt. Es war eine unterhaltsame Weihnachtsshow, und Etiennes und Brees Solonummer zu „Halleluja" schien beim Publikum gut anzukommen. Sie hatten sie letzte Saison als Kürtanz gezeigt, und sie passte recht gut in das Weihnachtsthema. Alle Läufer hatten ihre eigenen Nummern, die sie in eine Show einbringen konnten. Wer auch immer sie choreografierte, brauchte nur noch die Gruppennummern zu machen und vielleicht ein paar andere.

Ich bemerkte, dass sie eine ihrer Pirouetten so modifiziert hatten, dass Bree sie in aufrechter

Haltung ausführte statt tief gebückt, mit dem Kopf bei den Füßen. Hoffentlich war ihr nicht wieder schwindelig. Etienne hatte gesagt, dass es ihr diese Woche besser ging, aber es war immer ein Auf und Ab.

Draußen fielen dicke Schneeflocken vom Himmel, und ich versuchte, eine mit der Zunge aufzufangen, während ich allein in der stillen Nacht wartete. Ich hätte wohl auch drinnen warten können, aber nachdem ich den ganzen Tag im Bus gesessen hatte, brauchte ich frische Luft. Die Eissporthalle war auch mit goldenen Lichterketten geschmückt, und sie war mit Holz verkleidet, anders als die üblichen Betonwände der Vorstadt-Eishockeyhallen. Hier im Pinnacle sah alles vornehm aus.

„Sam, richtig?"

Ich zog die Zunge wieder ein und stellte fest, dass Theo mich mit seinem unbeschwerten Grinsen und Grübchen in den Wangen beobachtete. Schneeflocken hingen in seinen feuchten, hellbraunen Haaren. „Fröhliche Weihnachten! Ist Henry auch hier?"

„Nein, er ist in Toronto. Und ja, ich bin Sam." Ich gab ihm zur Begrüßung die Hand. „Frohe Weihnachten. Tolle Show!" Unser Atem bildete beim Sprechen Wolken in der kalten Luft.

„Danke. Ich hoffe, Henry macht über die Feiertage eine Trainingspause?"

„Nee.“

Theo runzelte die Stirn. „Er rutscht noch in den Burnout, wenn er nicht aufpasst. Oder verletzt sich.“

Was ging das Theo an? „Das wäre doch ganz gut für dich.“

Er schien alle Besorgnis abzuschütteln. „Nee. Ich würde ihn lieber weiterhin fair und ehrlich besiegen. Nichts für ungut.“

Ich musste lachen. „Schon okay. Ich weiß, dass er dich nächste Saison bei den olympischen Spielen schlagen kann, wenn's drauf ankommt.“

Theo ließ seine Grübchen aufblitzen. „Das werden wir dann ja sehen.“

„Ich war überrascht, dich hier zu sehen. Hast du nicht Angst, dass *du* ins Burnout rutschen könntest, wenn du zwei Wochen lang zweimal täglich auftrittst? Das ist ein ganz schön straffer Zeitplan.“

„Machst du Witze? Auftreten ist das Beste am Eislaufen. Wenn ich nur das machen könnte und nicht mein ganzes Leben mit Training verbringen müsste, hätte ich ausgesorgt.“ Er zuckte die Achseln. „Aber man darf nicht als Headliner in Shows auftreten, wenn man keine wichtigen Wettkämpfe gewinnt.“

„Stimmt. Näher bei dir zuhause hätte es nichts gegeben?“

Theo erschauerte. „So weit wie möglich von

zuhause weg zu sein war ja gerade Sinn und Zweck der Sache. Außerdem ist es hier unheimlich schön.“

Verspätet fiel mir ein, dass seine Mom bekanntermaßen eine dieser herrischen Eislaufmütter war. Zum Glück für Henry waren unsere Eltern cool. Sie ließen ihn sein Ding machen und spornten ihn an – und sie hatten im Laufe der Jahre eine Menge Geld für seine Eislaufkarriere ausgegeben – aber sie wollten nur, dass er glücklich war. Ganz plötzlich vermisste ich es, Weihnachten mit ihnen zu verbringen, obwohl wir gestern Abend bereits groß gefeiert hatten.

Ich machte Smalltalk mit Theo und kam mir dabei ein bisschen illoyal gegenüber Henry vor, aber ich wollte nicht eklig zu ihm sein. Heute war Weihnachten, und er kam mir ein wenig einsam vor. Ich hätte ihn fast gefragt, ob er mit uns zu Abend essen wollte oder so, aber er ging weg, bevor ich dazu kam.

Dann tauchte Etienne auf, und er umarmte mich so stürmisch, dass er mich fast von den Füßen hob. Lachend klopfte ich ihm auf den Rücken, und inmitten des Geruchs nach frischgefallenem Schnee nahm ich einen Hauch dieses vertrauten Rosmarin-und-Meeresbrise-Rasierwassers wahr, vermischt mit seinem unverwechselbaren eigenen Duft. Sein Nacken war noch feucht vom Duschen nach der Aufführung.

Er drückte mich fest an sich und umarmte mich weiter.

Und weiter. Diesmal klopfte er mir auf den Rücken. „Fröhliche Weihnachten, Mann.“

„Fröhliche Weihnachten!“, rief Bree. Sie breitete die Arme aus, die Haare unter eine lila Strickmütze verborgen.

Ich musste Etienne loslassen, um Bree zu umarmen. Inzwischen wurde es wahrscheinlich sowieso langsam peinlich – wir waren Bros, keine lange getrennten Liebenden wie die Leute in dieser Zeitreisen-Sendung, die Obaachan immer schaute. Ich umarmte Bree und ihren Freund Tim. Er war sehr groß und schweigsam, und er vergötterte sie. Wie es sich gehörte.

Ich ging zur Rezeption, um meine Tasche zu holen und mich nochmal bei Alice zu bedanken. Schon bald waren Etienne und ich allein. Wir folgten einem geräumten Fußweg durch die Bäume. Auf beiden Seiten waren hohe Schneewehen.

„Wow, wieviel Schnee hier liegt“, sagte ich. „In Toronto hatten wir grüne Weihnachten.“

Etienne verzog das Gesicht. „Ohne tonnenweise Schnee ist es kein Weihnachten. Das habe ich in Vancouver immer gehasst. Hey, wie geht's eigentlich deinem Großvater?“

„Gut! Will seine Hörgeräte immer noch nicht tragen, aber er scheint im Altersheim ganz glücklich zu sein. Wir haben ihn zum Abendessen zu uns ins Ferienhaus geholt. Übrigens, fröhliche Weihnachten von allen."

„Von meiner Familie auch. Sie sind ans Meer gefahren und machen ein Barbecue."

„Cool." Ich hätte gern gefragt, was sie davon hielten, dass Chloe und Phillipe wieder aktiv waren, aber das wollte ich an Weihnachten nicht zur Sprache bringen. Etienne hatte in den letzten zwei Wochen keine Lust gehabt, darüber zu reden. Wahrscheinlich war er immer noch dabei, es zu verarbeiten, und ich wollte nicht drängen.

Der Weg war von Lichterketten mit goldfarbenen Lämpchen erleuchtet, die um Holzgeländer gewickelt waren. Vermutlich war hier im Sommer sowas wie ein Plankenweg. Wir kamen an großen, weit auseinanderstehenden Blockhütten mit überdachten Veranden vorbei. Ich kniff die Augen zusammen. „Ist das ein Whirlpool?"

„Ja. Alle Hütten in Le-Bois-du-Nord haben einen, und die richtig luxuriösen oben in Eagle Ridge und der Skyline auch."

„Und in Spruce Grove?", fragte ich hoffnungsvoll.

Er warf mir einen skeptischen Blick zu. „Träum weiter. Es gibt aber eine Gemeinschaftssauna für jeden Häuserblock. Könnte schlechter sein."

Etienne führte mich vom Hauptweg weg, und

der Schnee knirschte unter unseren Stiefeln, als wir tiefer in den Wald hineinkamen. Im Personalbereich gab es keine Weihnachtsbeleuchtung, doch da der Schnee das Mondlicht reflektierte, brauchten wir sie gar nicht.

„Wow", sagte ich leise. „Es ist so friedlich hier." Abgesehen von unseren Schritten schien der verschneite Wald völlig still zu sein.

„Keine Musik und keine Partys erlaubt. Viele Hotelangestellte wohnen im Dorf, aber die Hütten sind wahrscheinlich gut für Leute von außerhalb."

Diese Hütten standen viel dichter zusammen als die für die Gäste, und es gab weder Veranden noch Whirlpools. Nur in wenigen brannte Licht. Etienne gab an einer von ihnen einen Türcode ein, und ich folgte ihm nach drinnen.

Er knipste das Licht an, und zu meiner Überraschung sah ich, dass der quadratische Raum rundum mit Glitzergirlanden geschmückt war. In der kleinen Küchenzeile rechts gab es eine Mikrowelle und einen Minikühlschrank mit einer großen roten Schleife an der Vorderseite.

Etienne bückte sich, um seine Mukluk-Stiefel auszuziehen, dann ging er zum Bett und steckte die bunte Lichterkette ein, die um die rustikalen Bettpfosten und den oberen Teil des Spindelbett-Kopfteils gewunden waren. Das einzige Fenster der Hütte über dem Bett war mit Schneeflocken dekoriert, die mit Kunstschnee aus der Dose und einer Schablone auf das Glas gesprüht worden waren.

Ich lachte. „Festlich!"

„Brees Werk. Du solltest mal ihre Hütte sehen." Er stieß einen leisen Pfiff aus. „Ich glaube, sie hat den ganzen Weihnachtsladen im Dorf leergekauft."

Ich hatte gerade meine Stiefel und meine Jacke ausgezogen, als mir klar wurde, dass das beleuchtete Bett auch das *einzige* Bett war. Aus irgendeinem Grund hatte ich an ein Standard-Hotelzimmer mit zwei Betten gedacht. Aber die Hütte war das, was das Resort wahrscheinlich „kuschelig" oder „gemütlich" nannte. Also *echt* klein.

Etienne hatte das Bett nicht gemacht, und die rotschwarz karierte wollene Überdecke lag zusammengeknüllt am Fußende. Die Wolldecke passte zu den Vorhängen am Fenster. Die Matratze war höchstens einen Meter vierzig breit. Fullsize nannte man das, glaube ich? Definitiv nicht Queensize. Was völlig in Ordnung war!

„Okay?", fragte Etienne.

Ich krächzte: „M-hm. Durstig."

Er hängte seine Jacke an einen Haken neben der Tür und füllte für mich am Wasserhahn ein Glas mit Wasser. „Tut mir leid, dass es nur ein Bett gibt. Ich könnte im Hotel nachfragen, ob sie ein Zustellbett für mich hätten? Dafür berechnen sie wahrscheinlich nicht allzu viel." Als er mir das

Glas gab, berührten sich unsere Finger.

Ich schüttelte den Kopf und trank das lauwarme Wasser in großen Schlucken. „Nee, ist schon okay. Weißt du noch, als wir uns bei diesem Schulausflug nach Tofino dieses winzige Zelt teilen mussten? Das hier ist Luxus."

Er lachte. „Ja. Du hättest mir fast mitten in der Nacht mit deinem Ellbogen ein Veilchen verpasst."

„Ich werd' versuchen, dein gutes Aussehen diesmal nicht zu versauen."

„Besser nicht! Das Pinnacle bezahlt mir dafür einen Haufen Kohle." Er deutete auf sein Gesicht und setzte ein gekünsteltes Eiskunstläufer-Lächeln auf. Genauso schnell war das Lächeln wieder verschwunden, und er ließ sich aufs Fußende des Bettes fallen. „Hast du schon was gegessen? Ich bin am Verhungern."

„Ich auch. Ich meine, nein, ich hab' noch nichts gegessen."

„Pizza? Der Lieferdienst bringt sie zum Seiteneingang vom Hotel. Dauert zu lange, sie ganz bis hier raus zu liefern. Ich hol' sie." Er tippte bereits auf seinem Handy herum. „Die sind schnell."

„Perfekt. Kann ich solange duschen? Ich war überrascht, dass du mich überhaupt umarmt hast, obwohl ich total nach Bus stinke."

„Das war es also?" Er rümpfte die Nase. „Ich wollte ja nichts sagen, aber—"

Ich schnappte mir ein kariertes Zierkissen von einem Sessel neben der Kommode an der Vorderwand der Hütte und warf es nach ihm. „Halt' die Klappe."

Das Badezimmer war links von dem festlichen Bett. Es war einigermaßen geräumig und in schlichtem Weiß gefliest. Ich zog mich ungeduldig aus und blieb so lange unter dem kräftigen Strahl des heißen Wassers, bis der Spiegel komplett beschlagen war.

Mit einem der weißen Handtücher um die Hüften öffnete ich die Tür und steckte den Kopf aus dem Bad, um kühle Luft zu schnappen. Etienne war weg; wahrscheinlich war er losgegangen, um die Pizza abzuholen. Bei dem Gedanken knurrte mein Magen, und ich tappte barfuß in die Küche, um mich umzusehen.

Abgesehen von Etiennes ekligem Proteinpulver, einem Karton mit Eiern und diversen Sorten Gemüse gab es nicht viel. Dann fiel mir die Zuckerstange wieder ein, und ich fischte sie aus meiner Jackentasche, setzte mich mitsamt meinem immer noch feuchten Handtuch aufs Bett und pellte die Knitterfolie ab.

Mmm, Zucker.

Es war Weihnachten. Da aß ich doch kein Gemüse, es sei denn, es wäre in Butter gebraten. Na schön, für die Pilze und die Ananas auf der Pizza würde ich eine Ausnahme machen. Obwohl

Ananas eigentlich kein Gemüse waren. Nein, die waren Früchte, also Obst.

Ich fröstelte in einem plötzlichen Schwall kalter Luft, als Etienne zurückkam. Mit der Zuckerstange im Mund blickte ich auf und sah ihn in der offenen Tür stehen. Ich bekam eine Gänsehaut, und meine Nippel wurden hart. Stirnrunzelnd nahm ich die Zuckerstange aus dem Mund und sagte: „Mann, es ist eiskalt! Mach die Tür zu.“

Etienne zuckte zusammen, knallte die Tür zu und lehnte sich gegen das dicke Holz. Er umklammerte die Pizzaschachtel und starrte mich immer noch an.

„Hey, Ananas ist doch Obst, oder? Kein Gemüse?“ Ich leckte über die Rundung am oberen Ende der Zuckerstange.

„Was?“, krächzte er.

„Du weißt doch, so wie Tomaten eigentlich Früchte sind? Gibt es auch Obst, das in Wirklichkeit Gemüse ist?“

Er hielt mir die Pizzaschachtel hin. „Nimmst du das mal?“

„Oh. Ja, klar.“

Ich steckte die Zuckerstange wieder in den Mund, um beide Hände frei zu haben. Als ich aufstand, rutschte das Handtuch. Ich erwischte es und wickelte es mir wieder um die Hüften, bevor ich ihm die Pizzaschachtel abnahm. Etienne bückte sich und zog seine Stiefel aus. Er fummelte ewig an ihnen herum, um sie ordentlich auf einer Matte neben der Tür abzustellen. Als er sich aufrichtete, war er feuerrot im Gesicht.

„Ananas sind Obst." Er nahm mir die Pizza wieder ab, drehte sich um und ging zur Küchenzeile. „Willst du fernsehen?"

„Ja, klar." Ich machte den Fernseher an, der gegenüber vom Fußende des Bettes auf der Kommode stand, und nahm eine Boxershorts und mein Schlaf-T-Shirt aus meiner Tasche. Im Badezimmer hängte ich mein Handtuch auf und quetschte es an die linke Seite der Stange, damit Etienne wusste, welches meins war.

In der Hütte roch es nach Käse, Fett und Fleisch, und ich stöhnte genüsslich, als ich mich auf dem Bett niederließ. „Ho-ho oh ja!"

Etienne lachte schwach und reichte mir einen Teller, der mit drei Stücken Pizza vollgepackt war, sowie einen Knoblauchdip, den er wie selbstverständlich für mich bestellt hatte.

Auch die Pizza war so, wie wir sie immer bestellten – normaler Boden, extra Soße, extra Käse, Salami, Schinken, Ananas und Pilze. Wir hatten uns schon vor Jahren auf diese Beläge geeinigt und wichen nie davon ab. Es war merkwürdig tröstlich.

Während ich durch die Kanäle zappte, den Mundvoller leckerer Pizza, zog Etienne seinen Schlafanzug an. Als er ein Kind war, hatte seine

Familie das mit den einheitlichen Weihnachtsschlafanzügen gemacht, aber er trug nur eine normale Flanell-Schlafanzugshose und ein schäbiges Skate Canada T-Shirt.

Es war am Kragen so ausgeleiert, dass es schief hing und sein linkes Schlüsselbein herausschaute. Die drahtigen Enden seiner Brusthaare streiften die Höhlung unter dem Knochen.

„Schläfst du denn nicht mehr nackt?", fragte ich aus unerfindlichen Gründen.

Etienne starrte mich an. „Ähm, doch. Wenn ich allein bin oder…"

„Schon gut, schon gut." Das Bett quietschte, als ich unbehaglich hin und her rutschte.

„Willst du wirklich den Mormon Tabernacle Choir schauen?"

„Hm?" Ich wandte den Blick von seinem alten T-Shirt wieder dem Fernseher zu. „Oh, sorry." Ich zappte weiter, und wir riefen beide „Ja!" als ich fündig wurde.

John McClane klopfte gerade auf den altertümlichen Bildschirm im Nakatomi Plaza und war beleidigt, weil Holly ihren Mädchennamen benutzte.

„Und es hat gerade erst angefangen!" Etienne biss grinsend in seine Pizza.

„Das ist ein Weihnachtswunder." Er hatte mir eine Dose Bier aus dem Kühlschrank mitgebracht, und ich riss sie auf und hielt sie hoch, um mit ihm anzustoßen.

Wir verschlangen die Pizza und sprachen kultige Textzeilen mit den Schauspielern laut mit.

Etienne setzte eine gespielt ernste Miene auf, als wir beide einstimmig sagten: „Das ist ja ‘ne tolle Party. Ich wusste gar nicht, dass man in Japan Weihnachten feiert.“

Das war eine unserer Lieblingsstellen, seit wir Kinder waren und mich mal jemand ganz im Ernst gefragt hatte, warum meine Eltern Weihnachten feierten – als ob meine Eltern nicht in Kanada geboren wären, wo meiner Erfahrung nach so ziemlich jeder Weihnachten feierte. Hashtag #nicht-alle-Kanadier, aber so ziemlich alle, die ich kannte.

Wir stöhnten bei Takagis peinlicher Antwort über Pearl Harbour, von der ich mir nicht vorstellen konnte, dass sie es heutzutage noch in einen Film schaffen würde. Filme aus den Achtzigern waren schon ganz schön peinlich. *Die Hard* kam damit durch, weil es der beste Weihnachtsfilm aller Zeiten war. Und nein, es stand nicht zur Debatte, ob es wirklich ein Weihnachtsfilm war oder nicht. Es war einer. Basta.

Und mit meinem besten Freund hier in dieser gemütlichen Hütte zu sein, Pizza im Bett zu essen und einen Weihnachtsklassiker zu schauen war ein fantastisches Weihnachten. Verdammt, ich hatte Etienne wirklich furchtbar vermisst. Ich hätte ihn fast in den Arm genommen und ihm das gesagt.

Aber das wäre schräg, oder? Stattdessen trank ich noch einen Schluck Bier und brüllte die nächste Textzeile mit.

Kapitel Vier

Etienne

ICH HATTE MIR diesen Moment schon sehr oft ausgemalt, aber ich hätte mir nie träumen lassen, dass ich einmal mit Sam unter dem Schein einer Weihnachtsbeleuchtung in einer Berghütte aufwachen würde. Die Farben waren wie ein Regenbogen über seinem entspannten Gesicht. Seine Lippen sahen besonders rosa und verführerisch aus.

Er lag auf dem Bauch, das rechte Bein angewinkelt. Ich lag zusammengerollt mit dem Gesicht zu ihm auf der Seite, und ich hätte nur ein paar Zentimeter weiter vorrutschen müssen, dann hätten sich unsere Knie berührt. Ich hätte nur noch ein bisschen weiter vorrutschen müssen, um diese rosa Lippen zu küssen.

Natürlich würde ich das nicht tun.

Seine grünen Haarspitzen standen im Schein der bunten Lichter in alle Richtungen hoch. Sein Gesicht und sein Hals waren ins Kissen gedrückt. Die karierte Decke war bis zur Mitte seines Rückens heruntergerutscht, und ich befürchtete, dass er frieren könnte, wollte ihn aber nicht wecken, wenn ich sie hochzog.

Die Erinnerung an Sams Nippel, die in der kalten Luft hart geworden waren, kam wieder hoch. Als ich die Tür aufgemacht hatte und ihn dort sitzen sah, mit feuchter Haut und nur mit einem Handtuch um die Hüften, die Zuckerstange im Mund…

Tabarnak.

Bloß nicht mehr an Sam praktisch nackt und mit etwas zum Lutschen im Mund denken. Nicht, wenn ich mit ihm im Bett lag und meine Morgen-latte zu einem Riesen-Mammutbaum heranzuwachsen drohte, wie die auf Vancouver Island. Es war lächerlich – wir hatten schon in der Highschool zusammen in einem Bett geschlafen. Oder zusammen in einem Zelt, wie bei diesem Ausflug nach Tofino.

Doch ich empfand das jetzt anders. Ich ver-stand nicht, warum. Seit wir uns in der neunten Klasse kennengelernt hatten, waren wir noch nie so lange getrennt gewesen. Aber wir telefonierten und schrieben uns SMS und spielten jede Woche zusammen League of Legends. Wir waren immer noch beste Freunde. Es sollte nichts anders sein. Es hätte sich nichts geändert haben sollen.

„Bevor wir aus Vancouver weg sind, hatte ich den Eindruck, als wäre er scharf auf dich.“

Hatte Bree recht? Ich versuchte, nicht darüber nachzudenken. Mit den Proben für die Show und den Neuigkeiten über Chloe und Phillipe hatte ich schon genug Sorgen. Ganz zu schweigen von Brees Gehirnerschütterung. Sie hatte darauf bestanden, den Verantwortlichen nichts davon zu sagen. Bisher ging es ihr gut. Keine wirklich schlechten Tage, und gestern hatte sie sich richtig wohl gefühlt.

Wir hatten unsere Shownummer modifiziert, um die Elemente zu vermeiden, die ihr am meisten zu schaffen machten. Über die olympischen Spiele hatten wir nicht mehr gesprochen und uns nur darauf geeinigt, erst einmal diese Weihnachtshows hinter uns zu bringen. Die nationalen Meisterschaften fanden Ende Januar statt. Über die Zukunft konnten wir im neuen Jahr reden.

In den nächsten anderthalb Wochen musste ich mir über zwei Shows pro Tag Gedanken machen, und das reichte völlig. Das und die Frage, wie ich ein paar Zentimeter von Sam entfernt schlafen sollte, ohne ihn zu küssen. Er wollte über Neujahr bleiben, und das würde fantastisch werden.

Ich musste pinkeln, aber ich wollte nicht aufstehen und ihn wecken. Sam hatte manchmal Schlafprobleme. Er konnte gut einschlafen, aber er wachte leicht auf. Er sah so friedlich aus. Das Pinkeln konnte warten.

Und natürlich würde ich ihn nicht küssen, denn das würde alles ruinieren. Sam stand nicht auf mich. Er hatte nie auch nur angedeutet, dass er etwas anderes als hetero war.

Oder wusste er es nur nicht?

Dieses Aufwallen von Hoffnung in meinem dummen Herzen würde alles nur noch schlimmer machen. Ich hatte es schon viel zu lange aufgeschoben, mir eine ernsthafte Beziehung zu suchen. Ich hatte One-Night-Stands, wenn ich es nötig hatte, und das Training hielt mich auf Trab, sodass ich meistens zu müde war. Aber wie lange wollte ich noch träumen?

Sam schnaufte, brummelte etwas vor sich hin und drehte sich um. Ich schloss die Augen und erstarrte. Er sollte nicht denken, dass ich ihn heimlich beim Schlafen beobachtete. Er hatte sich nie groß daran gestört, dass ich schwul war. Ich hatte es ihm gesagt, als wir sechzehn waren, und er hatte „*Cool*" gesagt.

Das war alles, nur dieses eine Wort. Ich wusste, dass sein Bruder schwul war und von seiner Familie voll und ganz unterstützt wurde, aber ich war trotzdem nervös gewesen. Vielleicht, weil ich Angst hatte, er wüsste, dass ich in ihn verliebt war.

Aber das hatte er immer noch nicht herausgefunden. Oder doch? Und vielleicht waren meine Gefühle gar nicht so einseitig, wie ich dachte? Vielleicht?

Ich drehte mich auf die andere Seite und verfluchte Bree dafür, weil sie mir diesen Floh ins Ohr gesetzt hatte. Es war Wunschdenken.

Sam gähnte und nuschelte: „Morgen. Ist es Morgen?"

Nachdem ich mich gestreckt und so getan hatte, als wäre ich gerade erst aufgewacht, setzte ich mich auf und spähte durch die zugezogenen Vorhänge. „Ja. Sonnig. Ist schon nach neun." So lange hatte ich schon ewig nicht mehr geschlafen.

Sam drehte sich auf den Rücken, reckte sich und gab einen niedlichen leisen Laut von sich, als er sich hochwölbte. Sein T-Shirt war hochgerutscht, und mein Blick hing an der weichen, entblößten Haut. Sein Bauch war glatt, aber aus dem Taillenbund seiner Boxershorts schauten ein paar Haare hervor.

Ich katapultierte mich aus dem Bett und flüchtete ins Bad, um endlich zu pinkeln, aber ich musste erstmal eine Zeitlang ruhig atmen, bevor ich dazu imstande war. Jesus, ich benahm mich, als wäre ich wieder vierzehn und hätte diese ganzen neuen, aufregenden, verwirrenden Gefühle für Sam. Ich hätte schon seit Jahren über diese Schwärmerei hinweg sein sollen.

Es war keine Schwärmerei, und genau darin lag das Problem.

Mein Glücksbademantel hing an einem Haken, also musste ich wenigstens nicht in ein Handtuch gewickelt rausgehen. Ich verdrängte die Erinnerung an Sam, wie er an dieser Zuckerstange gelutscht hatte, als ihm das Handtuch runtergerutscht war…

Der weiße Frotteebademantel war verwaschen und schmuddelig. Wahrscheinlich sollte ich ihn mal bleichen, aber ich hatte Angst, dass er sich dann auflösen würde. Ich steckte ihn nicht mal mehr in den Trockner. Ich hatte ihn aus dem Hotel in China geklaut, nachdem Bree und ich unsere erste internationale Juniorenmeisterschaft gewonnen hatten. Der Bademantel begleitete mich überall hin.

Sam lag ausgestreckt auf dem Bett, scrollte mit einer Hand durch sein Smartphone und kratzte sich mit der anderen träge den Bauch. Ich sagte zu energisch: „Das Bad ist frei!"

Er sagte nur „Cool", also war ihm vielleicht gar nicht aufgefallen, dass ich mich seltsam benahm. Oder vielleicht war er daran gewöhnt. Als er ins Bad schlurfte, gähnte er nochmal und scrollte immer noch auf seinem Handy herum.

Als ich meine grauen, dehnbaren Trainingsklamotten anzog, verfluchte ich mich wieder, weil ich so überdreht war. Ich musste vergessen, was

Bree gesagt hatte. Sie lag bestimmt falsch. Es war einfach ausgeschlossen, dass Sam auf mich stand. Im Bad lief die Dusche, und ich gab mir alle Mühe, ihn mir nicht nass und eingeseift vorzustellen.

Normalerweise schaltete ich als erstes die Kaffeemaschine ein, also machte ich das jetzt und wartete ungeduldig darauf, dass sie warm wurde. Das Hotel legte großen Wert auf Umweltfreundlichkeit, daher war es so eine Kapsel-Kaffeemaschine ohne Kapseln, aber der Kaffee war viel besser.

Hinter mir ging die Badezimmertür auf und Sam stöhnte: „Mmm. Das riecht aber gut."

Als ich mich umdrehte, hatte er natürlich nur ein Handtuch um die Hüften. Nicht, dass er total durchtrainiert gewesen wäre, mit Sixpack und so. Er war schlank und eher durchschnittlich gebaut, könnte man wohl sagen. Aber er war *Sam*. Scheiß auf Sixpacks. Ich wollte mein Gesicht an seinem weichen Bauch reiben und seine Nippel lecken und an seinen haarigen Achselhöhlen schnuppern.

Aus der Maschine floss ein Strahl Kaffee in die Tasse, und ich gab zwei Tütchen Zucker und zwei fisselige, kleine Döschen Kaffeesahne hinein, bevor ich mich wieder zu Sam umdrehte. „Zwei und—"

Sam hatte das Handtuch fallen lassen und beugte sich gerade über seine Tasche, und sein Arsch war… praktisch direkt vor meiner Nase. Er stieg in seinen schwarzen Boxerslip und warf mir über die Schulter hinweg einen Blick zu, während er sie hochzog.

„Zwei", beendete ich den Satz.

„Danke, Mann. Du hättest mir nicht die erste Tasse geben müssen." Er nahm sie mir lächelnd ab.

„Kein Problem!" Hastig drückte ich auf den Knopf und stellte eine weitere Tasse unter den Auslass. Ich musste meinen Zuckerkonsum einschränken, und seit ein paar Jahren trank ich meinen Kaffee schwarz. Ich verbrannte mir die Zunge, weil ich ihn zu schnell hinunterkippte.

„Das hätte ich fast vergessen – fröhliche Weihnachten. Verspätet." Sam hielt mir ein etwas unbeholfen verpacktes Päckchen hin. Es bestand hauptsächlich aus Klebeband und einem Stück Geschenkpapier mit Schneemännern drauf, das um einen schmalen Gegenstand gewickelt war.

„Was?" Ich nahm es zögernd entgegen. „Wir schenken uns doch nie was."

„Ich weiß." Er zuckte die Achseln und trank einen Schluck Kaffee. „Ist nur eine Kleinigkeit. Hat mich einfach an dich denken lassen, nichts weiter."

Mit pochendem Herzen knibbelte ich das Klebeband ab, riss das Papier auf und fand einen schwarzen Batman-Schlüsselanhänger mit ausgebreiteten Flügeln. Er hatte ein halbkreisförmiges Loch unter dem Kopf mit den spitzen

Ohren. Ich brauchte einen Moment, um zu begreifen. „Oh! Ein Flaschenöffner?"

„Ja." Er grinste. „Weißt du noch, als wir das Bier ins Kino geschmuggelt und erst dort gemerkt haben, dass die blöden Flaschen keinen Schraubverschluss hatten?"

Ich lachte. „Wie könnte ich das vergessen? Wie wir versucht haben, sie an den Armlehnen aufzuknacken, ohne die Flaschen zu zerbrechen, und das Bier war pisswarm und total durchgeschüttelt. Warum zum Teufel haben wir keine Dosen mitgenommen?"

„Weil wir bescheuert waren. Und wir wollten uns damals diesen Batman-Film anschauen. Also, wenn du das nächste Mal einen Flaschenöffner brauchst…"

„Bin ich hoffentlich nicht in einem Kino." Ich wühlte in meinem Koffer nach meinen Schlüsseln und brachte den neuen Schlüsselanhänger an. „Danke. Ich hab' allerdings nichts für dich."

Er schnaubte. „Hallo? Ich penne in deiner Hütte und kann hier Urlaub machen. Und das Ding hat höchstens zehn Mäuse gekostet."

„Danke."

Während wir an Kissen gelehnt unseren Kaffee tranken und durch unsere Handys scrollten, klangen mir Sams Worte im Ohr wie die süßeste Musik:

„Hat mich an dich denken lassen."

Ich sagte mir, dass ich den Scheiß lassen sollte, und öffnete Instagram. Natürlich war das erste Bild in meinem Feed das gestrige Weihnachts-Posting von Chloe Desjardins und Phillipe Vincent. Sie saßen mit ihren Hunden, die sie aus dem Tierheim gerettet hatten, vor einem prasselnden Kaminfeuer und schafften es, in ihren zusammenpassenden Rentier-Flanellschlafanzügen glamourös auszusehen.

Würg.

„Was?", fragte Sam neben mir.

Anscheinend hatte ich meine Abscheu hörbar zum Ausdruck gebracht. „Nichts. Nur, dass Chloe und Phillipe perfekt und dankbar sind und auf Insta alle lieben." Ich zeigte ihm den Bildschirm.

Er verzog das Gesicht. „Ich wünschte, sie wären nicht so *nett*."

„Ich weiß. Aber das sind sie. Ich wusste gar nicht, wie nett, bis wir nach Hackensack gezogen sind. Wir sind nicht mal eine Konkurrenz für die Spitzenpaare, aber hier ist niemand nett. Yaroslav sagt, du kannst nett sein, oder du kannst ein Champion sein."

„Das ist Quatsch", sagte Sam nachdrücklich. „Henry war Weltmeister, und er ist mehr als nett. Er ist einer von den nettesten Menschen, die ich kenne. Und…" Er zögerte. „Ich weiß, dass es gut ist, in einem Wettbewerbsumfeld zu trainieren. So werden Sieger gemacht und all das. Aber als ihr noch zuhause bei Laura trainiert habt, Bree und du, da waren die Leute nett, oder?"

„Ja. Dort war es ganz anders." Ich atmete durch, als mich für einen Moment die Sehnsucht packte. „Aber Yaroslav trainiert sechs der besten Paare der Welt. Gegen Erfolg kann man nichts sagen." Ich starrte auf das Foto von Chloe und Phillipe. „Wenigstens werden die wieder bei ihren Trainern in Montreal sein."

„Du solltest ihnen entfolgen. Vergiss alles, was sie tun, und konzentrier' dich auf dein eigenes Training."

„Schön wär's, aber wenn ich ihnen entfolge, kriegen die Fans das mit. Es darf nicht so aussehen, als wären wir sauer über ihr Comeback."

„Tja…" Er seufzte. „Ja. Ich wünschte, ich könnte sagen, dass niemand mitkriegen würde, ob du ihnen folgst oder nicht. Aber so, wie ich die eingefleischten Eiskunstlauf-Fans kenne, hast du wahrscheinlich recht."

Wir verfielen wieder in Schweigen, tranken unseren Kaffee und scrollten. Obwohl wir uns seit über einem Jahr nicht mehr persönlich gesehen hatten, hätten wir genausogut wieder in der Highschool sein können. Es war immer noch so angenehm zwischen uns, wie ich erleichtert feststellte. Ich hätte nicht gewusst, was ich sonst machen sollte. Und wenn mehr daraus werden könnte…

Nein, vergiss es, denk' nicht daran.

Eine SMS von Bree poppte auf meinem Bildschirm auf, und mein Magen krampfte sich zusammen.

Hey, mir ist ein bisschen schwindelig. Können wir die Probe um eine halbe Stunde verschieben?

„Was?", fragte Sam. Ich hatte nicht gemerkt, dass ich ein Geräusch von mir gegeben hatte, und ich sah ihn an. Er fügte hinzu: „Was du da eben gemacht hast, war nicht dein genervt/ gestresster Seufzer, sondern ein leiser, besorgter Seufzer. Obwohl dieser Seufzer auch gestresst ist."

Ich musste lächeln und sagte: „Bree ist es ‚ein bisschen schwindelig' – will heißen, ‚sehr'."

„Scheiße. Was ist, wenn sie heute Nachmittag nicht auftreten kann? Oder heute Abend?"

„Keine Ahnung. Das ist noch nie vorgekommen." Der Knoten um meinen Magen schnürte sich immer enger zu. „Wenn ich sie aufgefangen hätte—"

„Das hast du doch! Du hast ihren Sturz abgefangen."

„Sie hat sich trotzdem den Kopf angeschlagen."

Sam setzte sich aufrecht hin. „Alter. Ihr zwei habt auf dem Eis gestanden und mit eurem Trainer geredet, und sie ist umgefallen wie ein Stein. Ohne deine schnellen Reflexe hätte sie sich einen Schädelbruch geholt. Es ist nicht deine Schuld."

Ich erschauerte bei der Erinnerung, wie ich aus dem Augenwinkel eine Bewegung gesehen hatte, als sie umgekippt war. Ich hatte mich auf sie gestürzt, und dann lagen wir beide auf dem Eis. Sie hatte schlaff in meinen Armen gehangen, so blass, dass ich Angst gehabt hatte, sie wäre tot.

„Es. Ist. Nicht. Deine. Schuld", wiederholte Sam und piekte mich bei jedem Wort in die Seite.

„Sie war dehydriert. Ich hätte Yaroslav sagen sollen, dass sie nach dieser Grippe noch einen Tag länger frei braucht."

„Stimmt, aber sie hat steif und fest behauptet, dass es ihr gut geht, und keiner von euch beiden wollte schwach wirken."

„Und dabei hat Yaroslav uns an dem Tag eigentlich gar nicht groß beachtet. Aber wenn jemand das Training ausfallen lassen muss, *dann* beachtet er das todsicher."

„Er ist ein Idiot. Habt ihr euch schon mal überlegt… ich weiß nicht. Ob es das vielleicht gar nicht wert ist, um dort zu trainieren?"

Mein Herz setzte einen Schlag aus, und mir wurde ganz mulmig zumute. Wozu das alles, wenn wir dann doch nicht an den Spielen teilnehmen konnten? War es das wert? Ich unterdrückte die Furcht mit aller Kraft. „Wir können nicht einfach weggehen. Man kehrt dem besten Coach und dem Top-Trainingszentrum nicht einfach so den Rücken."

Die nervöse Energie gewann die Oberhand, und ich sprang auf und sagte: „Wie auch immer, es ist Weihnachten. Du bist im Urlaub. Du brauchst dir um diesen ganzen Kram keinen Kopf zu machen.“

Sam runzelte die Stirn. „Das ist kein Problem oder so. Wir können gern darüber reden.“

„Ich weiß! Alles cool.“ Da war bereits diese Riesensache, über die ich mit Sam nicht reden konnte, und jetzt nagte auch noch die Angst an mir. Es wurde immer schlimmer. Ich musste meine Gefühle in den Griff bekommen. Mein Leben. Aber nicht jetzt. Später. „Hast du Hunger? Lass uns was essen gehen.“

Ich schrieb Bree noch schnell eine Antwort, dass sie sich so viel Zeit nehmen sollte, wie sie brauchte. Jetzt war es zehn, und die Matinee war um drei, also würde sie bis dahin hoffentlich wieder sicher auf den Beinen sein.

Das Hotelrestaurant sprengte mein Budget bei weitem, daher gingen wir runter ins Dorf. Es wimmelte von Leuten. Die kleinen Läden hatten Ausverkaufs-Schilder auf Französisch und Englisch in den Schaufenstern, und auf den Skihängen rundum glitzerte frischer Schnee in der Sonne. Ich schob die Sorgen und Ängste beiseite. Ich war mit Sam an diesem wunderbaren Ort, und wir konnten die nächsten zwei Stunden genießen.

„Hey, Sam!“

Wir drehten uns an der Tür eines Cafés um, und eine schöne junge Frau kam mit einem strahlenden Lächeln auf uns zu. Sie war die Frau aus der Rezeption, zu der Sam gestern Abend so überaus nett gewesen war. Es sollte mich nicht stören. Natürlich sollte er nett zu ihr sein! Sie hatte ihm geholfen, mich eislaufen zu sehen.

Trotzdem versetzte die Eifersucht mir einen Stich.

„Hi, Alice." Sam lächelte. „Erinnerst du dich an Etienne?"

„Natürlich." Sie wandte mir ihr freundliches Lächelnd zu. „Dein bester Freund, der Eiskunstläufer." Sie trug eine schicke Schneehose mit dazu passender Jacke in einem dunklen Violett, das zu ihrer dunklen Haut und dem Metallic-Lippenstift fantastisch aussah. Ihre schwarze Toque-Mütze hatte Ohrenklappen, und sie hätte auf einem Tourismus-Plakat sein sollen.

Ich bemühte mich, das Lächeln zu erwidern. „Hallo." Wir blockierten die Tür und gingen in der kleinen Fußgängerzone ein paar Schritte beiseite. Ein dicker Mistelbusch mit einer riesigen Schleife hing an dem Laternenpfahl, vor dem wir standen. Er verspottete mich.

Zu Sam gewandt fragte Alice: „Was hast du vor, wenn dein Kumpel arbeitet?"

Er zuckte die Achseln. „Einfach nur chillen."

„Wenn du mit uns zum Snowboarden gehen

willst, wir haben noch einen Pass übrig." Sie deutete auf eine kleine Gruppe von Leuten, die im Hintergrund auf sie warteten. „Meine Freundin arbeitet im Skiresort und kann uns an der Warteschlange vor dem Snowboardverleih vorbeischleusen und uns Boards besorgen. Die Warteschlangen an den Liften sind natürlich immer noch brutal, aber so geht's trotzdem viel schneller."

„Oh, danke! Das klingt cool. Ich hab' aber keine Skihose", sagte Sam. „Und ich würde *oft* hinfallen."

Sie lachte. „Die Hose kannst du auch ausleihen. Und mir geht's genauso, glaub' mir."

„Cool. Vielleicht? Allerdings wollten wir gerade frühstücken gehen, und ihr seht aus, als wärt ihr schon startklar."

„Hol dir was zum Mitnehmen!" Sie streckte die Hand aus und fasste ihn am Arm. „Es macht echt Spaß, versprochen."

Sam hatte bisher Frauen gedated. Ich hatte keinen Grund, mir zu wünschen, Alice würde mit ihrem Snowboard von einer Klippe springen. Ich konnte mich nicht erinnern, jemals so hirnrissig eifersüchtig gewesen zu sein, und das machte sich nicht so gut. Ich sagte: „Geh doch mit! Ich hab' gestern Abend sowieso zuviel gegessen. Vor der Matinee reicht mir ein Kaffee. Außerdem muss ich nach Bree sehen." Ich trat beiseite, und Sam blinzelte mich verwundert an.

„Aber du solltest was essen." Er deutete auf das Café. „Wir haben noch Zeit, bevor du zur Arbeit musst."

„Nein, ich brauch' nichts. Geh nur. Hab' Spaß!"

„Aber…" Sam machte den Mund auf und wieder zu. „Okay. Cool."

Alice grinste. „Juhu! Hier gibt's echt leckere Frühstückssandwiches. Ich warte hier draußen. Drinnen ist es mir zu warm, so, wie ich angezogen bin."

Sam nickte und fragte mich: „Bist du sicher, dass du nichts willst?"

„Ja. Hab' keinen Hunger. Ich geh' zurück und schaue nach Bree. Viel Spaß heute!" Ich hob die Faust zum Bro-mäßigen Gruß. Sam war im Urlaub. Er sollte definitiv mit einer schönen Frau snowboarden gehen. Ich durfte nicht egoistisch sein.

Sam machte einen Faustcheck mit mir und verschwand im Café. Die Tür hatte sich kaum hinter ihm geschlossen, da fragte Alice auch schon: „Also, wie sieht's aus? Hat er eine Freundin? Einen festen Freund?"

„Weder-noch."

„Aber er steht auf Frauen?"

„M-hm." Ich trat zurück, aber Alice folgte mir.

„Auf welchen Typ Frau?"

„Ähm, nichts Konkretes. Du bist umwerfend, da würde bestimmt keiner sagen, dass du nicht sein Typ bist."

Sie strahlte und gab mir einen Klaps auf den Arm. „Ach, hör doch auf." Ihr Lächeln verschwand, und ihre Miene wurde schüchtern. „Aber mach ruhig weiter."

Ich musste lachen. „Sinn für Humor ist ein wichtiger Faktor. Also ja, mach dir da mal keine Gedanken."

Alice lächelte. „Okay, danke. Er ist echt süß. Ich könnte einen Urlaubsflirt gebrauchen."

„Er auch." Das stimmte. Mandy hatte schon vor Monaten mit ihm Schluss gemacht, und Sam war zu lieb und lustig und großzügig und sexy, um allzu lange Single zu sein. Erneut trat ich den Rückzug an. „Ich geh' dann jetzt mal."

„Danke, Etienne. Viel Spaß beim Eislaufen? Ich weiß nicht, ob ‚Hals- und Beinbruch' so passend wäre." Sie runzelte die Stirn. „Ist die Bree, von der du gesprochen hast, deine Partnerin? Alles in Ordnung mit ihr?"

„Ja, es geht ihr gut." Ich stieß beim Rückwärtsgehen mit einer älteren Frau zusammen und entschuldigte mich schnell. Dann wandte ich mich wieder Alice zu und winkte. „Kein Problem. Danke, dass du gefragt hast. Viel Spaß!"

Ich rannte praktisch zum Pinnacle hinauf. Nachdem ich Tim eine Textnachricht geschrieben und von ihm erfahren hatte, dass Bree schlief, zog ich mich um und ging in den Fitnessraum des Hotels. Der war für die meisten Angestellten tabu, aber ich hatte als ‚Gastkünstler‘ eine Sondergenehmigung.

Ich drehte meine Workout-Playlist voll auf und rannte auf dem Laufband meine Bestzeit, dann machte ich Sit-ups und Planks und Sprung-Kniebeugen. Alles nur, um nicht an Sam zu denken und daran, wie er mit Alice in eine Schneewehe stolperte wie in einer Szene aus einem kitschigen Liebesfilm.

Bree schrieb mir, es gehe ihr besser und sie wolle sich mit mir in der Arena zum Warmup treffen und um mit den anderen die Gruppennummern durchzugehen. Also ging ich hin, immer noch verschwitzt und hibbelig nach einem weiteren Kaffee. Nach der Matinee würde ich dann etwas essen.

Im Backstagebereich hatte ich mir gerade die Schlittschuhe geschnürt, als ich auf mein Handy schaute und die Flut von SMS von Tim sah. Mein Herz setzte einen Schlag aus, als ich seine besorgten Nachrichten überflog. Und dann kam Bree herein und setzte ein Lächeln auf.

„Morgen!“, sagte sie mit einer vorgetäuschten Heiterkeit, die nicht verbergen konnte, dass ihre Haut unter dem Makeup, das sie normalerweise erst kurz vor der Show aufgelegt hätte, praktisch grau war.

„Nein", sagte ich. „Vergiss es. Ich bring' dich wieder in deine Hütte."

Eine der Eisläuferinnen, die in einem Sessel saß, blickte von ihrem Handy auf und sagte: „Ach du Scheiße! Was ist passiert?"

Während Bree ihr vorlog, dass alles in Ordnung sei, tippte ich rasch eine Antwort an Tim, dass ich mich darum kümmern würde. Bree beugte steif die Knie und hielt den Kopf aufrecht, als sie sich auf eine Stuhlkante setzte. Heute war offensichtlich einer der Tage, an denen ihr furchtbar schwindlig wurde, wenn sie sich bückte. Wahrscheinlich hatte sie sich bereits mehrmals übergeben.

„Nein", sagte ich nochmal und setzte mich neben sie.

Bree presste die Lippen zusammen. „Mir. Geht's. Gut", stieß sie mit zusammengebissenen Zähnen hervor.

Theo Sullivan aß gerade eine Banane, als er hereinkam. Er machte große Augen und nuschelte mit vollem Mund: „Oha! Was ist passiert?"

Brees Augen füllten sich mit Tränen, doch sie blinzelte sie eigensinnig weg. Ich rieb ihr sanft den Rücken. „Du kannst nichts dafür. Heute kannst du nicht weitermachen."

„Ich muss aber. Wir haben einen Job zu erledigen."

Wie aufs Stichwort kam Matthieu, der Regisseur, herein, gefolgt von den anderen Eisläufern. Das Geplapper verstummte, als sich die allgemeine Aufmerksamkeit auf Bree konzentrierte. Matthieu, ein Mann in den Fünfzigern mit rasiertem Kopf, der einen schwarzen Rollkragenpullover und eine Brille mit rotem Gestell trug, blieb wie angewurzelt stehen.

Er atmete hörbar aus. „Verletzung?"

Bree sagte nein, aber ich sagte: „Ja. Sie hatte vor ein paar Monaten eine Gehirnerschütterung. Hat heute einen schlechten Tag." Wir hätten offenlegen sollen, dass sie noch Symptome hatte, bevor wir den Job angenommen hatten. Das wussten wir. Aber wir hatten gehofft, dass letztendlich alles gut gehen würde.

„*Sacrament*!" rief Matthieu und ließ dann auf Französisch eine Tirade darüber los, wie das jetzt das ganze Timing der Show und der Gruppennummern durcheinanderbringen würde. Bree, die kein Französisch verstand, sah mich fragend an, aber ich legte ihr nur den Arm um die Schultern und flüsterte ihr zu, dass alles gut werden würde.

Ich verstand Matthieus Frustration, aber ich würde nicht zulassen, dass er Bree fertigmachte. Bevor ich etwas sagen konnte, stellte Theo sich an Brees andere Seite und unterbrach Matthieus Redeschwall, als er gerade so richtig in Fahrt kam.

„Ich habe eine Idee!", sagte Theo fröhlich.

Sprachlos vor Verblüffung starrte Matthieu ihn

an. Die anderen Eisläufer ebenso. Matthieu war normalerweise nicht der Typ von Mensch, den man einfach so unterbrach.

Aber Theo lächelte nur und sagte: „Ich will unbedingt eine neue Shownummer ausprobieren, mit der ich herumgespielt habe. Ich würde sie liebend gern mal vor Publikum testen. Vor allem würde ich gern deine Meinung dazu hören. Aber ich wollte dich nicht belästigen, weil ich weiß, dass du schon so viel um die Ohren hast. Alle bitten dich ständig um Hilfe.“

Matthieu schob seine Brille hoch und stieß einen langen Seufzer aus. „Nun ja. Das stimmt. Aber ich könnte dir wohl schon ein paar Tipps geben.“

„Wirklich? Das wäre fantastisch. Ich wär‘ dir sehr dankbar.“

Matthieu reckte den Kopf und machte eine leichte Schnipsbewegung mit den Fingern. „Du wirst aber nicht extra dafür bezahlt, wenn du eine zusätzliche Nummer machst.“

„Natürlich nicht“, stimmte Theo ihm bei. „Du tust ja *mir* einen Gefallen.“

Matthieu wandte seine Aufmerksamkeit wieder Bree und mir zu und sagte mit verkniffenem Gesicht: „Du kannst die Gruppennummern wohl auch allein machen, Etienne. Es passt mir zwar nicht, keine Eistanz-Solonummer zu haben, aber Theo ist viel bekannter. Also geht das für heute in

Ordnung. Gute Besserung, Brianna.“

Mit diesem Befehl machte er auf dem Absatz seiner glänzenden Lederschuhe kehrt und marschierte ab. Theo verdrehte die Augen, und die anderen Eisläufer bekamen den Mund nicht mehr zu. Er ging vor Bree in die Hocke, und als er sie anlächelte, bekam er niedliche Grübchen in seinen frisch rasierten Wangen. Er war schwul, und wenn Sam nicht wäre…

Wie dämlich war das denn? Sam war mein bester Freund! Stand nicht auf Männer! Stand nicht auf mich! Vielleicht sollte ich es wirklich mal mit Theo versuchen.

„Keine Sorge“, sagte Theo zu Bree und drückte ihre Hand. „Mit dem werde ich schon fertig. Ruh‘ dich aus.“

Eine Träne rann ihr über die Wange. „Danke.“

Ein anderer Eisläufer sagte: „Wow. Ich hatte schon Angst, er feuert euch am Ende alle drei.“

Theo schnaubte verächtlich. „Ich bin der amtierende Weltmeister. Der feuert mich nicht. Und er braucht ein Eistanzpaar. Wenn er wirklich versuchen würde, euch zu feuern, würde ich das nicht zulassen“, sagte er zu Bree und mir. „Mein Agent kennt den Milliardär, dem der Laden hier gehört. Macht euch keine Gedanken, okay?“ Er richtete sich auf. „Jetzt brauche ich nur noch eine neue Shownummer zu erfinden. Vorschläge?“

„Du hast eigentlich gar keine?“, fragte ich, und

meine Stimme wurde schrill, als mein Adrenalinspiegel in die Höhe schoss.

Er zuckte die Achseln. „Ich mach' ein paar Backflips und wackle mit dem Arsch. Wollt ihr mir helfen, mir was auszudenken?"

Während die ganze Belegschaft die Köpfe zusammensteckte und ein kurzes Musikstück zu finden versuchte, das in die Show passen würde, brachte Tim Bree nach Hause und steckte sie ins Bett. Von daher war es eigentlich ganz gut, dass Sam mit einem hübschen Mädchen unterwegs war und Spaß hatte, weil ich zwischen den Vorstellungen viel zu sehr damit beschäftigt sein würde, mit Theo an seiner neuen Nummer zu feilen. Ja. Es war ganz gut so.

Jetzt musste ich es nur noch glauben.

Kapitel Fünf

Sam

ICH TIGERTE UNTER dem gigantischen Weihnachtsbaum in der Hotellobby herum. Bei einem Erdbeben wäre das Ding echt tödlich. Nicht, dass ein Erdbeben hier sonderlich wahrscheinlich wäre. Warum machte ich mir Gedanken um Erdbeben?

Warum machte ich mir überhaupt wegen irgendwas Gedanken? Ich war völlig ohne Grund verkrampft und angespannt. Etienne hatte geschrieben, dass es Bree besser ging, und Tim hatte das bestätigt. Etienne hatte auch gesagt, dass die Aufführungen gut gelaufen seien, und jetzt wartete ich auf ihn, damit wir was essen gehen konnten.

Ich hatte ihn gebeten, sich etwas Schickes anzuziehen, obwohl ich mich in meinen Jeans,

Timberlands und einem schwarzen Pulli ziemlich underdressed fühlte. Der Pulli riss das meiste heraus, aber Alice hatte mir versichert, dass ich für die Hotel-Lounge einwandfrei aussah. Ich hatte meine Jacke an der Garderobe abgegeben und fröstelte jedes Mal ein bisschen, wenn Leute durch die breite gläserne Drehtür kamen und gingen.

Es kam mir immer noch komisch vor, ihre Gutscheine zu nehmen und sie für Etienne zu verwenden. Aber sie hatte behauptet, das Essen im Hotel satt zu haben und wegen der Arbeit früh aufstehen zu müssen. Außerdem hatte sie gemeint, ich hätte den ganzen Tag nur von Etienne geredet und bräuchte eindeutig „ein paar schöne Stunden" mit ihm.

Nun ja, so war es auch. Das war ja Sinn und Zweck dieser Reise. Sie hatte mir zugezwinkert, als sie das sagte, also hatte es wohl ein Scherz sein sollen? Ich kam mir schon vor wie mein Bruder, der manchmal Mühe hatte, den Humor anderer Leute zu verstehen. Vielleicht war das typisch Quebecois.

Offen gesagt war ich immer noch sauer auf Etienne. Das Snowboarden hatte Spaß gemacht, und es hatte gut gepasst, da er mit den Shows beschäftigt war. Aber es hatte mich geärgert, dass er heute Morgen so erpicht darauf gewesen war, mich loszuwerden.

Dann kam Etienne auf mich zu. Er trug enge,

dunkle Jeans, Lederstiefel, eine graue Cabanjacke und einen roten Schal mit einem schicken Knoten, den ich so nie hinbekommen hätte. Und er hatte ein Lächeln auf den Lippen – ein echtes, kein Showlächeln.

„Wo ist deine Jacke?", fragte er.

„Hab' ich an der Garderobe abgegeben. Wir gehen in der Lounge essen."

Er zog die Augenbrauen hoch. „Das ist aber teuer, oder?"

„Ich hab' einen guten Draht zu Alice. Keine Sorge."

„Ah ja, stimmt." Er lächelte wieder, aber diesmal war es eher eine Grimasse. „Wo ist sie denn?" Er sah sich um, als könnte sie jeden Moment auftauchen.

„Oh, sie hat mir Gutscheine für die Lounge gegeben. Sie ist zuhause, in ihrer Wohnung im Dorf."

Mit seltsam ausdrucksloser Miene fragte Etienne: „Warst du mal dort?"

„In der Lounge? Nein, noch nicht. Aber sie ist gleich um die Ecke."

„Bei Alice."

„Oh. Nein, so war das nicht. Aber Snowboarden war cool. Wenn du mich wieder loswerden willst, kann ich das gern nochmal probieren. Die Tickets für den Lift sind sauteuer, aber meine Eltern würden mir die wahrscheinlich spendieren."

Etienne runzelte die Stirn. „Dich loswerden?"

„Ja." Ich zuckte die Achseln. „Du warst anscheinend ganz wild darauf, dass ich mit Alice abhänge."

„Das ist nicht – das war nicht wegen *mir*. Ich wollte dir nicht die Tour vermasseln."

„Die ‚Tour vermasseln'? Alter, was denn für eine Tour? Ich bin nicht – sie war nur freundlich."

„Äh, ja." Etienne spielte an den Fransen an seinem Schal herum. „Weil sie scharf auf dich ist."

Ich schnaubte. „Ganz bestimmt nicht."

„Das ist mal wieder typisch du. In der elften Klasse musste Sabrina Tate dir bei einer Party erst die Zunge in den Hals stecken, bevor du kapiert hast, was los war. Du merkst es immer als letzter, wenn dich jemand will."

Etienne wurde rot und schaute weg. Während ich noch versuchte, Sabrina Tate mit Alice in Verbindung zu bringen, räusperte er sich und sagte: „Sie ist heiß. Probieren kannst du's doch mal. Meinst du nicht?"

„Ja, sie ist heiß. Ich sag' ja nicht, dass sie nicht heiß ist." Mein Ärger von vorhin kam wieder hoch, und ich bemühte mich, ihn zu unterdrücken. „Aber hier geht's nicht um sie. Ich bin hierhergekommen, um mit dir zusammen zu sein, und nicht, um Bräute aufzureißen. Warum bist du plötzlich so an meinem Liebesleben interessiert? Wir haben bisher noch nicht mal League gespielt.

Hallo, Prioritäten.“

Er lachte schwach. „Stimmt. Ich weiß. Ich will nur nicht, dass du dich langweilst, während ich arbeiten muss.“ Er schloss die Augen und rieb sich das Gesicht. Seine dichten Wimpern lagen dunkel auf seinen Wangen. „Tut mir leid. Ich wollte dich nicht loswerden. Das würde ich nie wollen. Ich—“ Er zuckte die Achseln. „Ich bin ein Idiot.“

Augenblicklich war mein Ärger verschwunden. Er war müde und gestresst, und ich benahm mich wie ein Arschloch. „Mir tut's auch leid. Komm, gehen wir was essen und ein bisschen was trinken. Ich lad' dich ein.“ Ich fischte die Gutscheine aus der Tasche. „Na ja, die Getränke gehen auf mich. Das Essen ist bezahlt.“

Wir gaben seine Jacke an der Garderobe ab und machten uns auf den Weg in die Lounge. Er trug einen roten Pulli, der sich eng an seinen schlanken, muskulösen Oberkörper schmiegte, und ich fühlte mich noch underdressed-er, obwohl ich auch einen Pullover trug.

Als wir uns der Lounge näherten, strahlte Etienne plötzlich so sehr vor Freude, dass *mir* der Atem stockte. Schnell schloss ich zu ihm auf, um zu sehen, was er anschaute. Ein Klavier. Es war kein großer Konzertflügel, aber auch kein Zimmerklavier, wie wir es zuhause immer für meinen Bruder gehabt hatten. Ein Stutzflügel?

Etienne starrte es jedenfalls an wie ein Kind,

das am Weihnachtsmorgen ein neues Fahrrad unter dem Weihnachtsbaum findet. Oder ein Klavier, nehme ich an, da es tatsächlich ganz dicht unter der gigantischen, geschmückten Tanne in der Lounge stand.

„Du solltest drauf spielen", sagte ich.

Die Freude verflog, und er presste die Lippen zusammen und zog die Schultern hoch. Das kurze Leuchten in seinen Augen war verschwunden, als er den Kopf schüttelte.

„Warum denn nicht?" Ich stieß ihn mit dem Ellbogen an, wenn auch nicht so fest, wie es meine Großmutter getan hätte. „Komm schon." Ich wollte die Freude wiederhaben. Ich wollte seine Augen leuchten sehen. Nicht wie bei einem Werwolf oder bei einem Vampir oder so – nur vor Glück.

Er schnaubte verächtlich. „Ich bin total aus der Übung."

„Na und? Spiel was Einfaches." Ich blickte mich in der Lounge um. Hier und da saßen Leute in kleinen Grüppchen auf großen Ledersofas, nippten an Weingläsern und aßen Fingerfood. „Ein Weihnachtslied oder sowas."

„Wahrscheinlich darf ich das sowieso nicht." Aber er schielte immer noch nach dem Klavier.

„Dann werden sie dir schon sagen, dass du aufhören sollst. Komm schon. Spiel mir was vor. Spiel…" Ich überlegte, welches Weihnachtslied vielleicht einfach zu spielen sein könnte, aber ich hatte keine Ahnung. In unserer Familie hatte nur Henry musikalisches Talent – ich konnte den Flohwalzer spielen. Ende Gelände.

Okay, ich hatte nur einen Monat lang Unterricht genommen, bevor ich behauptet hatte, es zu hassen. Was auch stimmte. Henry fühlte sich pudelwohl dabei, Stunde um Stunde ein Talent zu üben – sei es Eislaufen oder Klavierspielen. Etienne war da wohl ganz ähnlich. Ich langweilte mich zu schnell. Ich hatte immer noch nichts gefunden, das ich so sehr liebte, um endlose Stunden Arbeit hineinzustecken.

Aber eins liebte ich sehr, und das war, Etienne glücklich zu sehen. Meine Wangen wurden heiß. Nicht *liebte*. Egal. Er war mein bester Freund – wieso sollte ich nicht wollen, dass er glücklich war?

„Geht's dir gut?" Etienne sah mich stirnrunzelnd an.

„Ja. Spiel—" Ich schaute mich um. „Wie wär's mit ‚Jingle Bells'? Das ist bestimmt einfach."

Er verzog geringschätzig die Lippen. „Ich hab' gesagt, ich bin aus der Übung und nicht, dass ich sieben Jahre alt bin."

Ich reckte das Kinn. „Dann los, nur zu. Zeig' mir, was du drauf hast."

Unsere Blicke trafen sich, und ein merkwürdiges Schweigen senkte sich herab, während wir einander anstarrten. Warum war mein Gesicht so heiß? Ich hatte ihn zum Klavierspielen aufgefordert, nicht zum –

Nicht zum… was?? Zu nichts! GAR NICHTS!

Kurz bevor es wirklich seltsam wurde, ging Etienne zum Klavier. Ich folgte ihm, und dabei war mir ganz flau im Magen. Ich brauchte eindeutig was zu essen. Er setzte sich auf die schwarzlackierte Bank, den Rücken kerzengerade, und strich mit den Fingern über die Tasten, ohne sie zu drücken.

Es erinnerte mich daran, wie er vor einer Aufführung aufs Eis kam und erst einmal ein paar Runden um die Eisfläche lief, normalerweise Hand in Hand mit Bree. Hier am Klavier war er allein. Sollte ich mich neben ihn setzen? Hatte er Angst? Ich wollte nicht, dass er Angst hatte. Vielleicht hätte ich ihn nicht herausfordern sollen.

Ich wollte gerade sagen, dass es okay war und dass er es nicht tun musste, als er zu spielen begann. Die Melodie kam mir bekannt vor. Es hörte sich an wie eins von diesen alten Weihnachtsliedern, die wir im Grundschulchor gesungen hatten. Nicht „Stille Nacht", aber so ähnlich. Ich zerbrach mir den Kopf, wie es hieß.

Etiennes Finger tanzten, seine Handgelenke bewegten sich wellenförmig. Er wiegte sich ein wenig hin und her, immer noch in tadelloser Haltung. Ich war fasziniert. Eine Verszeile aus dem Lied ging mir durch den Kopf.

Fallt auf die Knie

Die Schmetterlinge in meinem Bauch flatterten, und ich errötete womöglich noch heftiger. Was war das? Ich war doch nicht etwa… War ich? In Etienne? In meinen besten Freund?

Warum konnte ich den Blick nicht von ihm losreißen? Warum… wollte ich? *Was* wollte ich?

Die sanfte Melodie schwoll an und wieder ab, als kontrollierte sie meinen Atem. Ich stand wie erstarrt neben dem Klavier, den Blick auf Etiennes Profil geheftet. Er musste sich bestimmt konzentrieren, aber er sah nicht so aus. Sein Mund war leicht geöffnet, seine Augen halb geschlossen. Die dichten Wimpern streiften seine Wangen, die vor Kälte immer noch rosig waren.

Das Lied – mir fiel plötzlich ein, dass es „Oh Heil'ge Nacht" oder so ähnlich hieß – erfüllte den Raum, und wenn Etienne so spielte, wenn er eingerostet war? Dann hatte ich echt nicht darauf geachtet, wie gut er wirklich war.

Wie seine Finger über die Tasten glitten, das wirkte mühelos, wie Zauberei. Ich hatte ihm oft genug beim Eislaufen zugesehen, und als Eisläufer war es sein Job, extrem schwierige Figuren mühelos aussehen zu lassen. Er und Bree glitten immer mit einem leichten Lächeln dahin, das das Brennen der Milchsäure in ihren Beinen kaschierte. Etienne war Experte darin, Mühelosigkeit vorzutäuschen.

Doch das hier war anders. Es kam mir so vor, als wäre er wirklich entspannt, während er das Lied spielte, scheinbar verloren in seiner eigenen Welt. Ich wollte ein Teil dieser Welt sein.

Ich wollte ihn küssen.

Ich wollte meinen besten Freund küssen.

Ich wollte meinen besten Freund küssen, der ein Mann war.

Ach du Scheiße. Was ? Warum? Wie? Seit wann? Ich küsste keine Männer. Hatte das nie gewollt. Oder doch? Während ich Etienne am Klavier anstarrte, kam es mir so vor, als würde mir das Hirn aus den Ohren rinnen. Denn ich wollte ihn unbedingt küssen, und wahrscheinlich war es völlig egal, wen ich sonst noch küssen wollte oder nicht.

Denn nur er zählte.

Ich war kurz davor, auf das Klavier zu klettern und mich rittlings auf seinen Schoß zu setzen, um an seinen Mund ranzukommen, als das Lied mit einem letzten nachklingenden Ton endete. Ein neuer Klang erfüllte den Raum, und ich brauchte einen Moment, um zu begreifen, dass alle in der Lounge zu uns herschauten und applaudierten.

Gut, dass ich nicht aufs Klavier geklettert war.

Etienne stand auf, ein leises Lächeln auf den Lippen, und nickte den Leuten zu. Sie wirkten alle aufrichtig begeistert und nicht so, als wollten sie nur höflich sein. Ich musste plötzlich daran denken, als ihn unsere Mitschüler in der neunten Klasse zum ersten Mal auf dem Eis gesehen hatten.

Einige unserer Klassenkameraden – vor allem die Jungs – hatten sich über ihn lustig gemacht, als sie herausfanden, dass er Eiskunstlauf machte. Nicht nur Eiskunstlauf, sondern Eistanzen, was für die Arschlöcher, die Eislaufen für Weiberkram hielten, noch femininer klang.

Eigentlich hatte unsere Freundschaft so angefangen. Ich wusste, wie schwierig und wie fantastisch Eislaufen war. Ich glaube, ich hatte mich einmal für ihn eingesetzt? Das war inzwischen ziemlich verschwommen. Er hatte gewusst, wer Henry war, und an dem Tag hatten wir beim Mittagessen zusammen gesessen. Und von da an jeden Tag.

Als ich jetzt in die beeindruckten Gesichter um uns herum sah, erinnerte ich mich an den Tag, als wir im Sportunterricht Schlittschuh laufen gegangen waren. Wie Etienne über die Eisfläche *geschwebt* war, vorwärts und rückwärts, wie er Pirouetten gedreht hatte und Schlangenlinien um die Jungs herum gelaufen war, die einigermaßen gut Eishockey spielen konnten, aber im Vergleich zu ihm unbeholfen waren.

Damals hatte er sich ihren widerwilligen Respekt erworben, und ich war total stolz auf ihn gewesen. Jetzt platzte ich auch vor Stolz, und ich merkte, dass ich ihn angrinste. Er erwiderte das

Lächeln und zuckte mit einer Schulter.

„Das Lied ist auch einfach", sagte er.

Und verdammt, ich wollte ihn immer noch küssen.

„Essen!", platzte ich heraus. „Wir sollten essen." Mir war so schwindlig, dass ich womöglich auch noch umkippen und mir eine Gehirnerschütterung holen würde, wenn ich mich nicht ganz schnell zusammenriss.

Wir machten zwei Ledersessel mit einem Tischchen dazwischen ausfindig, und der Kellner brachte Häppchen und Cocktails. Etienne erzählte, wie Theo Sullivan in die Bresche gesprungen war und wie alle mitgeholfen hatten, auf die Schnelle eine Nummer für ihn zu erstellen. Ich hörte zu, lächelte und aß kleine Quiches mit geschmolzenem Brie und Trüffelpommes.

Und ich wollte ihn immer noch küssen.

Fuuuuuuck.

NACHDEM ICH VIEL zu lange in der kleinen Hütte auf und ab getigert war, schnappte ich mir mein Handy und rief Henry an. Eine ganze Nacht und einen Tag lang wollte ich Etienne schon küssen. Ich hatte kaum geschlafen, weil ich mir viel zu sehr seines Körpers so nahe bei mir bewusst gewesen war.

Ich hatte vor lauter Sehnsucht kaum atmen können. Das Bett war mir kleiner vorgekommen, so dicht neben Etienne, der im Schlaf vor sich hinmurmelte und beim Umdrehen mit dem Ellbogen meine Rippen streifte.

Was war hier los? Warum ging diese vorübergehende Unzurechnungsfähigkeit nicht wieder weg? Wir hatten zusammen gechillt und League gespielt, worin ich total versagt hatte, weil mich die Art, wie er sich auf die Zunge biss, wenn er sich sehr konzentrierte, ständig abgelenkt hatte.

Bree ging es wieder viel besser, und Etienne war mit ihr in der Arena bei der Abendaufführung. Ich starrte Henrys Foto auf meinem Display finster an. Warum ging er nicht ran? Ich drückte auf Wahlwiederholung.

Als er sich meldete, kam seine sehr monochrome Wohnung ins Blickfeld. Henry saß an seinem kleinen Tisch und aß – sehr wahrscheinlich Fisch, Gemüse und Wildreis oder Quinoa oder sowas in der Art. Er hatte das Handy irgendwo angelehnt, so dass es aufrecht stand.

Ich sagte: „Hey, Bro. Du bist nicht bei der Familie im Ferienhaus?" Tja, ganz offensichtlich war er das nicht, und andere Leute hätten jetzt wahrscheinlich „Du merkst aber auch alles" gesagt.

Nicht Henry. Er wusste, was ich mit meiner Frage wirklich meinte, und sagte nur: „Es war ein langer Tag auf dem Eis. Ich nehme mir morgen einen zusätzlichen Tag frei." Seine schwarzen Haare waren feucht, und er trug ein graues Sweatshirt. Mein Bruder war der hübschere von uns beiden, und er sah immer tadellos aus, selbst nach dem Duschen.

„Moment mal. Du nimmst dir einen zusätzlichen Tag frei? Du? Henry Sakaguchi? Hab' ich mich etwa verwählt?"

Er ignorierte mich und schnitt etwas auf seinem Teller, der nicht im Bild war. „Das Ice Chalet veranstaltet an Silvester ein Familien-Eislauf-Event, das vorbereitet werden muss, und es ist auch das ganze Wochenende über für die Allgemeinheit geöffnet."

„Dann bist du also gezwungen, ausnahmsweise mal ein langes Wochenende zu machen?"

„Mn."

Ich lachte und lehnte mich an das geschmückte Kopfteil. Ein Lämpchen der Lichterkette piekte mich unter dem Schulterblatt. „Hört sich ganz so an. Wie cool, dass du dann mehr Zeit mit Obaachan und Mom und Dad verbringen kannst."

Er nickte und kaute einen kleinen Bissen von etwas, das nach Lachs aussah. Bestimmt hatte er irgendeine Heimwerkersendung auf HGTV im Fernsehen auf Pause geschaltet. Wieder einmal eine wilde Nacht für Henry. Aber was konnte ich schon sagen? Ich saß allein in einer Hütte in den Bergen herum und dachte immer noch daran, meinen besten Freund zu küssen.

Scheiße. Ja, ich dachte eindeutig immer noch daran. Das hier brachte nichts.

„Sam?" Henry sah mich mit einem besorgten Stirnrunzeln an.

„Hm? Ja, ich bin hier. Bisschen weggetreten, wie immer. Oooh, ist das Esmeralda? Kann ich sie mal sehen?" Ein schildpattfarbener Schwanz war in einer Ecke des Bildschirms aufgetaucht.

Henry schnalzte leicht mit der Zunge und wartet kurz, dann schnalzte er nochmal und hob sie hoch, damit sie wusste, was kam. Sie war Flauschewachs in seinen Händen, und er nahm sie in die Arme.

„Hi, Esme!" Ich winkte, als würde sie mich verstehen, weil ich ein Blödmann war. Ich war froh, dass Henry sie aus dem Tierheim geholt hatte. Er schien mit seinem Alltag ganz zufrieden zu sein, aber ich machte mir Sorgen, ob er nicht einsam war.

„Was ist los?", fragte er.

„Nichts!" Eine glatte Lüge, aber hätte ich etwa: *„Ich will mit meinem besten Freund pimpern"* sagen sollen?

Moment mal. Was? Ich wollte ihn küssen. Wer hatte was von Pimpern gesagt? Naja, ich, aber…

Ich merkte, dass Henry mich geduldig ansah, das Gesicht in Esmeraldas Pelz gekuschelt. Sie schnurrte leise. Ich zuckte die Achseln. „Weiß nicht. Hast du dich schon mal gefragt, ob du wirklich weißt, was du willst?"

Er sagte nur: „Nein."

Verständlicherweise, denn Henry wollte eislaufen. Er wollte trainieren, trainieren und nochmals trainieren und in der nächsten Saison die Olympiade in Calgary gewinnen. Und dann wahrscheinlich weiter trainieren, weil er das viel lieber machte als aufzutreten. Oh, und dabei wollte er auch gleich noch Theo Sullivan fertigmachen.

Dabei fiel mir etwas ein. „Hast du gewusst, dass Theo bei der Show hier im Resort mitmacht?"

Henry wurde ganz still und blinzelte mich an. „Theodore ist in Mont-Tremblant?"

„Ja, anscheinend ist der Besitzer von diesem neuen Hotel mit seinem Agenten befreundet oder sowas. Er scheint nett zu sein. Theo, meine ich. Nicht den Hotelmagnaten oder den Agenten, zu denen habe ich keine Meinung. Ich hab' mir neulich Abend die Show angesehen und mich eine Zeitlang mit ihm unterhalten."

„Hat er sich nach mir erkundigt?"

Ich zuckte die Achseln. „Ja, klar."

„Was hat er gesagt?" Henrys Blick war wie ein Laser, der einen Diamanten schnitt.

„Keine Ahnung. Der übliche Smalltalk." Boah. Manchmal fragte ich mich, ob Henry Theo unter ihrer Rivalität nicht eigentlich ganz gern mochte. Dass er vielleicht… nein, ich bildete mir da etwas ein.

„Er war bestimmt nervig." Henry bückte sich aus dem Bild und richtete sich ohne die Katze wieder auf.

Ich lachte. „Er war cool. Jedenfalls geht's Etienne und Bree prima." Ich hielt inne. „Es war toll, Etienne wiederzusehen. Ich hab' ihn vermisst."

„Mn." Henry aß einen weiteren Bissen.

Ich hab' ihn vermisst. Das stimmte! Es war keine große Sache. Aber jetzt kam mir dieser Satz enorm bedeutsam vor. Mein Gesicht war heiß, und ich hoffte, dass die Weihnachtsbeleuchtung hinter mir es kaschierte. Natürlich hatte ich Etienne vermisst. Das war völlig normal.

Nur, dass ich ihn jetzt küssen will.

Was nicht *unnormal* war, aber…

„Was ist los?", fragte Henry.

Ich platzte heraus: „Hast du schon mal eine Frau gemocht?" *Gaanz beiläufig.*

„Ich mag viele Frauen."

„Ich meine, nicht nur freundschaftlich. Ich hab' mich immer nur für Mädels interessiert, und ich hab' mich nur gefragt, ob du schon mal… gezweifelt hast. Oder sowas."

Er legte den Kopf schief und betrachtete mich mit diesem ernsten Blick, und ich hätte schwören können, dass er meine Seele lesen konnte wie einen Tweet.

#BicuriousBro

„Geht es hier um Etienne?"

„Was?", quiekte ich und sprang so hastig auf, dass ich praktisch aus dem Bett fiel. „Nein! Wie kommst du denn darauf?"

„Schon allein durch die Art, wie du auf eine einfache Frage reagierst."

Ich stöhnte auf. Ich hätte es besser wissen müssen, als Henry auf dieses Thema anzusprechen. Ich ließ mich wieder aufs Bett fallen, obwohl mir vom Hochhalten des Handys schon der Arm wehtat. „Ich hab' daran gedacht, ihn zu küssen, okay? Aber wir sind nur Freunde. Beste Freunde. Es liegt bestimmt an…" Ich überlegte fieberhaft. „Der Bergluft."

„Mn." Henry schluckte einen weiteren Bissen von seinem Abendessen. „Oder vielleicht besteht schon immer eine tiefere Verbindung zwischen dir und Etienne."

„Was weißt du schon von tiefen Verbindungen? Du bist unheilbar Single." Ich zuckte zusammen. „Sorry, so hab' ich das nicht gemeint." Bäh. Ich hasste es, gemein zu sein, und Henry war der letzte, der das verdient hatte. Er war so nett, dass es manchmal schon nervte.

Er nahm einen weiteren Bissen und trank einen Schluck von seinem Mineralwasser, dann nickte er.

Ich fragte: „Und, Moment mal – glaubst du, diese… *Verbindung* geht in beide Richtungen? Glaubst du, dass Etienne mich mag? Als… mehr?"

„Schon möglich. Obaachan sagt das schon immer. Bei solchen Dingen hat sie normalerweise recht."

Mein Puls raste. „Und du würdest es nicht seltsam finden, wenn Etienne und ich..." Ich wedelte mit der Hand. Was? Sex hätten? Bei diesem Gedanken durchfuhr mich Begierde. Wow. Okay.

Ein Paar werden würden? Bei diesem Gedanken pochte mein Herz wie verrückt.

„Er hat dich schon immer dazu gebracht, so zu lächeln."

„Hä?" Ich warf einen Blick auf das kleine Quadrat in der Ecke meines Bildschirms. Heilige Scheiße. Ich lächelte *tatsächlich*. Wie ein Trottel. Wie ein Vollidiot. Wie ein Verliebter. Aber war das *Verliebtheit*, nachdem ich Etienne schon so lange kannte?

„Ich würde das überhaupt nicht seltsam finden", sagte Henry, aß den Rest von seinem Abendessen und leistete mir Gesellschafft, während mein Schädel explodierte, während die ganze Welt aus den Fugen geriet und ich begriff, dass ich mir das schon sehr, sehr lange wünschte.

Und jetzt musste ich noch eine weitere Nacht mit Etienne zusammen in einem Bett verbringen, ohne unsere Freundschaft zu ruinieren.

Fuuuuuuck.

Kapitel Sechs

Etienne

WARUM HATTE ICH gedacht, in die Sauna zu gehen wäre eine gute Idee?

Ich saß auf der unteren Bank neben Sam, keinen halben Meter von ihm entfernt, den Blick auf die künstlichen Felsen in der Ecke geheftet, und las erneut das Schild, das auf Französisch und Englisch davor warnte, in einer elektrischen Sauna Wasser auf die Kunstfelsen zu gießen.

Doch wenn ich das nicht getan hätte, hätte ich Sam angeschaut, der nur ein Handtuch um die Hüften trug. Wenigstens lutschte er gerade nicht an einer Zuckerstange.

Nein! Denk nicht daran.

Ich hatte auch nur ein Handtuch um, und wenn ich mein Verlangen hochkochen ließ, wäre die Katastrophe komplett.

„Alles in Ordnung?", fragte Sam.

Ich warf einen Blick nach links. Seine Augen waren geschlossen, und er lehnte an der oberen Bank. Er wirkte völlig entspannt, die nackten Beine ausgestreckt und an den Knöcheln übereinandergeschlagen. Eigentlich saß Sam normalerweise breitbeinig da. Nicht extra weit gespreizt wie ein Arschloch, aber normal auseinander.

Er öffnete ein Auge einen Spaltbreit. „Du seufzt dauernd."

„Oh! Ja, mir geht's gut." Ich drehte den Kopf schnell wieder nach vorn und schloss die Augen. „Tut mir leid. Bin nur müde, glaube ich."

„Brauchst dich nicht zu entschuldigen. Zwei Shows pro Tag zu machen ist bestimmt anstrengend. Aber das hier ist entspannend." Er schwieg kurz und fügte dann hinzu: „Stimmt's?"

„Auf jeden Fall."

Keiner von uns beiden klang sicher. Es hätte entspannend sein sollen. Das war schließlich der Zweck einer Sauna, obwohl mir ehrlich gesagt ein Whirlpool jederzeit lieber war. In der Sauna wurde mir zu schnell heiß. Dass Sam fast nackt neben mir saß, machte es nicht besser.

„Etienne, ich muss dir was sagen."

Meine Nackenhaare stellten sich auf. Ich öffnete die Augen. „Was ist denn?"

Er setzte sich kerzengerade hin und legte die

Beine nebeneinander. Sein Fuß tappte rastlos auf die Holzplanken. „Nichts. Jedenfalls hoffe ich, dass es nichts ist?"

„Okay. Sag's mir."

Er nickte. „Sollte ich wohl. Ich sollte es dir einfach sagen. Du wirst bestimmt nicht, äh, *böse* auf mich oder so."

Mein Magen krampfte sich zusammen. „Bestimmt nicht. Ich versprech's. Was ist los?" Ich wartete darauf, dass er sich entspannte und sagte, er hätte einen Witz gemacht. Obwohl ich keine Ahnung hatte worüber. Das hier hörte sich nicht nach Sams üblichem Humor an.

Mit einem Knarren und einem Schwall eisiger Luft ging die Tür auf. Im winzigen Vorraum der Sauna hängten ein junger Mann und eine junge Frau in Badekleidung ihre Jacken und Bademäntel auf und stellten ihre Stiefel neben unsere.

Die Frau sagte: „Sorry!", und sie huschten mit Handtüchern herein und machten die Tür der Sauna hinter sich zu.

Sam rückte näher zu mir, um ihnen Platz zu machen. Unsere nackten, schweißbedeckten Arme berührten sich, und der Funke, der auf meine Haut übersprang, war zu gefährlich. „Ich glaube, mir reicht's", stieß ich hervor, und Sam stimmte zu. Es war genug Platz für uns vier, aber das Pärchen wollte wahrscheinlich sowieso lieber ungestört sein.

Und ich wollte unbedingt wissen, was Sam mir sagen musste.

Wir sagten ihnen gute Nacht und quetschten uns in den Vorraum, um unsere Stiefel und Jacken anzuziehen. Ich hatte auch meinen Bademantel dabei, und ich bot ihn Sam an. Ich verbrachte mein Leben in Eisstadien – ich war an die Kälte gewöhnt.

Er lächelte und schlüpfte hinein, bevor er seine Jacke anzog. Je mehr Schichten er trug, desto besser.

Bis zur Hütte brauchten wir nur zwanzig Sekunden durch den Schnee zu laufen. Brees und Tims Hütte nebenan war dunkel. Sam und ich zogen uns schweigend unsere Schlafanzüge an und machten uns im Bad bettfertig. Würde er es mir sagen? Hatte er es vergessen? Vielleicht war es ja doch nicht so wichtig.

Normalerweise wären wir bis nach Mitternacht aufgeblieben, aber ich machte die Lichter aus und ging ins Bett. Zwischen uns herrschte eine eigenartige Stille, die für mein Gefühl besser in die Dunkelheit passte. Sam schlüpfte neben mir unter die Decke.

Wir hatten kein Wort miteinander gesprochen, seit wir aus der Sauna gekommen waren. Nicht einmal „Gute Nacht". Ich konnte kaum atmen. Würde er einschlafen, ohne es mir zu sagen? Sollte ich fragen? War ich geduldig oder wirkte ich desinteressiert?

„Würdest du es komisch finden, wenn ich einen Mann küssen will?"

Für einen Moment war ich mir nicht sicher, ob Sam das gerade wirklich gesagt hatte. Hatte ich richtig gehört? Bedeutete der Satz das, was ich dachte? Ich war zweisprachig aufgewachsen, aber plötzlich fehlten mir in beiden Sprachen die Worte. Mein Herz platzte schier. Meine Kehle war knochentrocken.

„Warum sollte ich das komisch finden?" Ich erkannte meine krächzende Stimme selbst kaum wieder.

Ich wartete.

Sam schwieg. Wir lagen beide auf dem Rücken in der Dunkelheit, nur wenige Zentimeter voneinander entfernt. Ich starrte ins Nichts und wünschte, ich hätte die Lichterkette nicht ausgemacht. Wünschte, ich hätte den Mumm, den Kopf nach rechts zu drehen und ihn anzusehen.

Meine Muskeln waren starr, mein ganzer Körper steif. Einschließlich meines Penis. Passierte das gerade wirklich? Aber was genau war *das*? Stand Sam am Ende doch auf mich? Hatte er das nur so dahingesagt? Oder laut gedacht?

Ich ließ mir seine Frage nochmal durch den Kopf gehen. Sie hatte nicht beiläufig geklungen. Sein Flüstern war leise gewesen. Erwartungsvoll? Ängstlich?

Er sollte keine Angst haben. Was, wenn er jemand anderen mochte und sich davor fürchtete, mir das zu sagen? Auch wenn die Vorstellung von ihm mit einem anderen Mann wie ein Tritt in die Eier war – ich war sein bester Freund.

Ich liebte ihn. Ich konnte nicht zulassen, dass er Angst hatte.

„Es ist okay", flüsterte ich. „Was auch immer du willst, es ist okay. Mit wem auch immer."

Stille. Abgesehen von meinem stürmischen Herzschlag, der durch meine Brust donnerte. Sams Körperwärme neben mir war wie ein Hochofen unter der Bettdecke. Schweiß kribbelte in meinem Nacken. Wenn ich nicht derjenige war, den er küssen wollte, würde ich sterben.

Er meint nicht mich! Hör auf zu träumen!

Als ich ihn gebeten hatte, nach Tremblant zu kommen, hätte ich wissen müssen, dass es hier nur ein Bett gab. Ich hätte wissen müssen, dass ich mich eine Woche lang quälen würde. *Joyeux Noël!* Prost Neujahr! Hier, bitteschön, ein bisschen Folter!

„Du findest es nicht komisch?" Sams Stimme war ungewöhnlich hoch.

Ich atmete aus. „Natürlich nicht. Ich will schon seit Jahren Männer küssen."

„Hast du schon mal…"

Meine Kehle schnürte sich zu, und meine Lungen froren ein.

Ich wartete.

„Du willst mich nicht küssen, oder?"

Es war immer noch zu dunkel, um ihn zu sehen. Nicht, dass ich auch nur einen Muskel bewegen konnte, um in seine Richtung zu schauen. Ich musste antworten. Aber was genau wollte er wissen? Bekam er gerade die Krise? Hatte er endlich erraten, dass ich ihn wollte?

Ich hätte mir ein Zustellbett aus dem Hotel holen und ihm das Bett überlassen sollen. War ich ihm unheimlich? Wollte er mir zu verstehen geben, dass er sich unwohl fühlte?

Moment. Er hatte gesagt, dass *er* einen Mann küssen wollte. Mein Verstand drehte durch.

„Schläfst du schon?", fragte er kaum hörbar.

„Nein", krächzte ich. „Ich bin…" Sprachlos, allem Anschein nach. Verängstigt? Am Sterben? Ich hatte keine Ahnung, welches Wort das Richtige war.

Die Matratze wippte, als er sich bewegte. Das Bettzeug raschelte. Wir berührten uns immer noch nicht, aber jetzt lagen wir wahrscheinlich ganz dicht nebeneinander. Sams Atem streifte meine Wange, als er fragte: „Magst du mich?"

Das war es. Nach so langer Zeit war es endlich soweit. *Ja. Ich mag dich am liebsten. Ich liebe dich. Ich bin schon ewig in dich verliebt. Ich brauch' dich wie die Luft zum Atmen.*

Ich sagte nur: „Du bist mein bester Freund."

Sam stieß einen leisen Seufzer aus, und sein Atem kitzelte mein Ohr. „Ja. Und du meiner. Das hab' ich nicht…" Er verstummte.

War das hier wirklich, was es zu sein schien? Alle Zeichen standen auf ja. Wenn Sam jemand anders gewesen wäre, hätte ich ihn jetzt schon geküsst. Ich würde auf ihm liegen, seine Körperwärme unter mir spüren, Haut an Haut.

Ich musste tief Luft holen, und mein Puls hämmerte. Ich musste den Beweisen glauben, die ich direkt vor mir hatte. Das war kein leeres Gerede. Als Teenager hatten wir oft genug einer beim anderen übernachtet und über das Leben und die Zukunft und was-wäre-wenn und all das geredet.

Das hier war etwas anderes. Sam hatte Mut bewiesen, und jetzt war ich dran.

„Ich mag dich sehr!", sprudelte ich so rasch hervor, dass die Worte ineinanderliefen. „Ich will dich küssen. Wenn du mich küssen willst, dann sollten wir das machen."

„Heilige Scheiße. Echt jetzt?" Er hörte sich atemlos an.

„Ja."

„Okay. Sollen wir… es ist keine große Sache. Wir können einfach…"

Die Matratze wippte erneut. Sam rollte sich auf die Seite, auf mich zu, als ich mich zu ihm drehte, und endlich berührten wir uns. Nicht, dass wir uns in all den Jahren nicht x-mal berührt hätten.

Aber nicht so.

In der Dunkelheit war Sams Umriss gerade noch erkennbar, als wir uns aneinanderpressten. Durch den Stoff unserer T-Shirts hindurch trafen unsere Oberkörper aufeinander, meine in Flanell gehüllten Knie stießen an seine nackten Beine unter den Boxershorts. Ich schlang den Arm um seine Taille, und seine schweißnasse Hand berührte meinen Nacken wie ein Brandmal.

Unsere schnellen, keuchenden Atemzüge waren laut und heiß, als wir mit den Mündern suchten. Wir verfehlten uns; meine Lippen fanden sein Kinn und er erwischte meine Nase. Sam lachte hell mit einem Schwall warmer Luft. Ich lächelte, als wir es erneut versuchten, und die Freude sprudelte durch meine Adern wie Champagner.

Unbeholfen und feucht berührten sich unsere Lippen. Nasen stießen aneinander. Noch ein Lachen. Münder drängten, fanden den richtigen Winkel. Aller guten Dinge waren drei.

Ein echter Kuss.

Ich küsste Sam. Sam küsste mich. Wir küssten uns, und es war überwältigend. Ich stöhnte in seinen Mund, stieß die Zunge vor. Ich sollte nicht zu schnell machen, aber der Hunger nagte. Als würde man erst beim ersten Bissen merken, wie hungrig man eigentlich war.

Sams Stöhnen war wie eine Antwort auf meins, als er meine Zunge einließ. Wir küssten uns. Das hier geschah wirklich, und es war perfekt. Na ja, tollpatschig. Ich steckte Sam einen Finger ins Ohr, als ich nach seinem Hinterkopf griff.

Ich küsste ihn weiter und tastete nach dem baumelnden Stecker der Lichterkette. Das Verlängerungskabel war auf Sams Seite um einen Bettpfosten geschlungen, und ich reckte mich blindlings über ihn, um die Lichterkette einzustecken.

Warum war es so schwierig, einen Stecker richtig herum in eine Steckdose zu kriegen? Vielleicht würde ich den Moment ruinieren, aber ich musste ihn sehen.

Sam, der jetzt halb unter mir lag, unterbrach den Kuss. „Was machst du—"

Die bunten Lämpchen gingen an, und ich blickte auf Sam hinab. Seine Augen waren geweitet, seine Lippen feucht und sein Gesicht gerötet. Oder waren das die roten und pinkfarbenen Lichter auf seiner Haut? Ich küsste ihn auf die Wangen, und nein, sie waren warm.

Ich wich zurück und sah ihm in die Augen. Er streichelte mir mit beiden Händen den Rücken, und als ich mein Knie vollends zwischen seine Beine schob, spürte ich seinen Ständer. Mein Schwanz war stahlhart an seiner Hüfte, also merkte er bestimmt, dass ich angetörnt war.

„Hi“, sagte Sam.

„Hi.“

Er leckte sich die Lippen. „Ist das okay?“

Ich musste lächeln. „Ja.“ Und ich musste fragen: „Willst du das wirklich? Mit mir? Nicht nur, weil ich da bin?“ Ergab das Sinn?

Offenbar ja, denn Sam nickte. „Du bist es“, sagte er schlicht.

Ich stürzte mich auf seinen Mund, als wollte ich ihn verschlingen, und unsere Zungen drängten zueinander. Auf ihm liegend bewegte ich die Hüften und rieb mich an ihm, und er spreizte die Beine für mich, als hätten wir das schon immer so gemacht.

Für mich. Sam hat einen Ständer, und den hat er für mich. Er küsst mich. Ich küsse ihn.

So oft ich mir das schon ausgemalt hatte, die Wirklichkeit war sogar noch besser. Weil ich Sams Zahnpasta schmeckte und seinen unverwechselbaren Duft einatmete, den nur er hatte, da er nie Rasierwasser oder Eau de Cologne benutzte, weil er sich kaum rasieren musste.

Unser Stöhnen klang erstickt, als wir uns wieder und wieder küssten und durch den Stoff hindurch unsere Schwänze aneinander rieben. Ich würde viel zu schnell kommen. Was, wenn das meine einzige Chance mit Sam war? Was, wenn das hier nur ein nächtliches Experiment war, weil er geil war und wir uns ein Bett teilten, und er dachte: Warum nicht?

Falls ja, wollte ich jetzt noch nicht kommen.

Keuchend riss ich mich los und stützte mich auf die Arme, so dass sich unsere Genitalien nur noch leicht berührten. Sam riss die Augen auf und runzelte die Stirn.

„Was? Warum? Hör nicht auf." Er grub mir die Finger in die Rippen. „Bitte."

„Will noch nicht kommen."

„Oh, stimmt. Okay. Ja." Sein Adamsapfel hüpfte. „Gute Idee."

Ich sollte nicht reden und möglicherweise alles ruinieren, aber ich konnte nicht anders. „Bin ich der Mann, den du küssen willst?"

Wieder runzelte er die Stirn, und die Furche zwischen seinen Augenbrauen war total niedlich. „Ähm, ist das nicht offensichtlich?"

„Ich dachte nur, vielleicht… Vielleicht magst du jemand anderen, aber ich bin halt gerade da, deshalb." Ich versuchte, wieder zu Atem zu kommen. Ich brauchte Wasser.

„Ich denke nicht an jemand anderen. Nur an dich. Das war mir vorher nicht klar. Ich hab's nicht zugegeben. Aber hier geht's nur um dich. Es gibt keinen anderen Mann. Ich will nur dich."

Seine Finger gruben sich so fest in das weiche Fleisch zwischen meinen Rippen, dass sie blaue Flecken hinterlassen würden, und es war wie ein

Lebenselixier für mich. Ich küsste ihn leidenschaftlich und wich dann gerade weit genug zurück, um zu flüstern: „Ich will dich mehr als alles andere. Was willst du – was sollen wir machen?"

Er nagte an seiner feuchten Unterlippe, und er war so süß, dass ich es kaum ertragen konnte. „Was machen Männer normalerweise miteinander? Ich war bisher nur mit Frauen zusammen. Vom Prinzip her ist es wohl dasselbe, nehme ich an?" Er lachte nervös. „Ich meine, Reibung und Glitschigkeit. Löcher. Äh, und was reinstecken."

„Oh, Jesus. Ja. Das alles." Ich küsste ihn erneut, mit viel Zunge und leisem Stöhnen, und unser Tempo wurde langsamer.

„Was machst du normalerweise gern?", fragte er. „Ich glaube… du bist ein Bottom, stimmt's? Anhand von dem, was du gelegentlich mal gesagt hast. Dass du… gefickt werden willst? Dass du das magst."

„M-hm." Ich nickte, rieb meinen Unterleib an ihm und brachte uns beide zum Stöhnen. „Aber ich bin vers. Ich kann dich ficken, wenn du willst? Hat dir eine Frau mal einen Dildo reingesteckt oder so?"

Er schüttelte den Kopf, und seine Wangen glühten eindeutig im sanften, bunten Schein der Lichterkette. „Ich fand's schon ziemlich kinky, als Mandy angefangen hat, mir den Finger in den Arsch zu stecken, wenn sie mir einen geblasen hat.“

Ich schmunzelte. „Und, hat sich das gut angefühlt?“

„Ja. Magst du sowas?“

„Und wie. Ich liebe Analspiele. Finger, Zunge, Schwanz, Dildo. Einmal sogar eine Banane, als ich jung und notgeil war.“

Sam brach in Gelächter aus, und sein Brustkorb wackelte. „Nein, sag bloß! Oh mein Gott. Wann?“

Es war peinlich, aber das hier war Sam. Er wusste fast alles über mich. Jetzt vielleicht *wirklich* alles, da wir beide einen Ständer hatten und uns berührten und sich das so richtig anfühlte. So natürlich.

„Ich war fünfzehn. Unheimlich neugierig, aber noch nicht bereit, irgendwas mit anderen Jungs zu machen.“ *Und ich wollte dich zu sehr.* „Sie hatte braune Flecken und wurde schon ein bisschen weich, aber sie war noch hart genug. Ich dachte, ein Schwanz wäre vielleicht so ähnlich. Und ich wollte es wissen, also…“

Er lachte immer noch, und seine Finger streichelten scheinbar unbewusst meinen Rücken. „Nicht zu fassen. Du hast sie dir einfach reingesteckt?“

„Hab‘ erst ein Kondom drübergezogen und sie mit Vaseline eingeschmiert. Im Internet lernt man so einiges.“

„Wow." Sein Lachen verklang. „Hat es sich gut angefühlt?"

„Anfangs nicht. Es hat wehgetan. Aber ich hab' eben langsam gemacht."

Sam schluckte mühsam. „Ja, klar. Du warst bestimmt sehr, äh, eng."

Meine Kehle war ganz trocken. „Ja. Es war ein bisschen beängstigend, aber ich hab' weiterge-macht. Hab' mich gedehnt."

„Bist du danach nicht jedes Mal geil geworden, wenn du eine Banane gesehen hast?"

Ich nickte lachend. „Ein paar Wochen lang war das Mittagessen in der Schule das reinste Minenfeld."

Wie merkwürdig es war, so miteinander zu reden. Wie wir es über die Jahre schon x-mal gemacht hatten – das war normal. Aber jetzt taten wir es im Bett, eng aneinandergepresst und mit vom Küssen geschwollenen Lippen. Und wir redeten über mein Loch und was da alles drin gewesen war.

„Ich will unbedingt deinen Schwanz in mir haben." Sam machte große Augen, und ich fügte schnell hinzu: „Nur wenn du willst. Kein Stress. Wir können auch einfach nur das hier machen. Oder was auch immer. Tut mir leid. Das war zuviel. Ich hätte das nicht sagen sollen."

Sam strich mir mit den Händen an den Flan-ken auf und ab. „Schon gut. Es ist nicht zu viel.

Ich… kann ich… hast du Gleitgel?"

So sehr ich es auch hasste, von ihm runterzusteigen, ich zwang mich dazu. Ich kramte in meinem Koffer herum und förderte ein Fläschchen Gleitgel und einen Folienstreifen mit ein paar Kondomen zutage. Dann kippte ich nervös ein kleines Glas Wasser hinunter und füllte es nochmal für Sam. Er trank es halb aus, und ich brachte es wieder zum Spülbecken in der Küchenzeile zurück, wobei ich es fast fallen ließ.

Sam setzte sich im Bett auf und spielte mit der Gleitgelflasche. Ich blieb zögernd stehen und wartete, bis er zu mir aufblickte. Erst dann zog ich mein T-Shirt aus. Er leckte sich die Lippen und sah zu, wie ich meine Schlafanzugshose abstreifte – und beinahe stolperte, als mein Fuß in einem Hosenbein hängenblieb. Ich strauchelte, fiel auf das Bett und landete auf Sams Beinen unter der Decke.

Er lachte. „Ich dachte, Eistänzer wären so anmutig?"

Ich setzte ein Showlächeln auf, warf mich in eine Schlusspose und streckte die Brust raus. Sam applaudierte ironisch. „Neun für Übergänge."

Ich war nackt und hatte immer noch einen Ständer, und wir lachten im Bett, und irgendwie genierte ich mich nicht. Dann aber doch. Weil ich darüber nachgedacht hatte, und ich zitterte vor gespannter Erwartung und Nervosität und wusste nicht mal, warum.

Die Bettdecke bildete einen Wust um Sams Taille, und er schlug sie für mich zurück und winkte mich darunter. „Zu kalt." Ich kroch wieder auf meine Seite des Bettes.

Für einen Moment schien er zu überlegen, dann holte er tief Luft und streifte sein T-Shirt ab. Unter der Bettdecke schlängelte er sich aus seiner Boxershorts und warf sie auf den Boden. Wir setzten uns auf, nackt und mit der Bettdecke um unsere Hüften.

Also dann. Okay. Ich griff nach dem Gleitgel und fingerte an der Flasche herum. „So."

„So."

Wenn wir zu lange herumsaßen und überlegten, würde es womöglich zu peinlich werden, und dann wäre alles ruiniert. Ich beugte mich vor und küsste ihn, weil ich mir dachte, damit könnten wir ja mal anfangen. Ja, guter Plan. Sam erwiderte meinen Kuss, und wir sanken langsam auf die Matratze, bis wir ausgestreckt auf der Seite lagen. Unsere Zungen berührten sich mit sanften, schmatzenden Schnalzern.

Sanfte schmatzende Schnalzer. Sag das dreimal schnell hintereinander.

Ich musste lachen, und Sam riss sich keuchend los. Er fragte: „Was ist?"

„Nichts. Ich bin nur… aufgeregt. Am Ausflippen."

Er lächelte zaghaft. „Ja. Ich auch. Ist das nicht bescheuert?"

„Nein! Wir sollten weitermachen." *Bitte, hör nicht auf.*

„Stimmt. Okay." Er fummelte nach dem Gleitgel und machte den Deckel auf. „Also, wenn du das magst, kann ich dann mal versuchen…"

„Ja. Was immer du willst." Ich nickte. „M-hm."

Er lächelte und quetschte sich einen Klecks Gleitgel auf den Zeigefinger. Den Blick auf mein Gesicht geheftet, griff er über meine Hüfte und tastete sich voran. Ich hob mein Bein, um mitzuhelfen. „Ein bisschen mehr – da. Ja."

Sam biss sich auf die Lippe und stocherte mit der Fingerspitze an meinem Loch herum, dann bewegte er den Arm, um den richtigen Winkel zu finden. Es war okay, aber ziemlich ungeschickt. Er rieb und fragte: „Gut so?"

„Fast. Willst du… warte mal eben." Ich hob mein oberes Bein und stellte den Fuß neben meinen rechten Knöchel auf die Matratze, so dass meine Beine eine Art Raute bildeten. Dann hielt ich sein Handgelenk fest, quetschte auch noch etwas Gleitgel auf seinen Mittelfinger und führte seine Hand wieder zu meinem Hintern.

Jetzt konnte er problemlos zwischen meine Beine greifen. Diesmal fühlte es sich so an, als würde er den Mittelfinger hineinschieben. Das frische Gleitgel war kalt. Es gab andere Positionen, in denen mein Arsch weiter gespreizt wäre – ich hätte auf alle Viere gehen und meine Hinterbacken für ihn mit den Händen auseinanderziehen können, damit er tun konnte, was er wollte.

Ich stöhnte bei dem Gedanken und schob mich seiner zaghaft sondierenden Fingerspitze entgegen. Er zog die Augenbrauen hoch und drückte fester, umkreiste mein Loch mit mehr Selbstsicherheit. Es war besser, es so zu machen, denn so konnte ich sein Gesicht sehen.

So konnte ich ihn küssen und „Das fühlt sich gut an" murmeln.

„Willst du, äh, meinen ganzen Finger?"

„Ja", stöhnte ich an seinen Lippen. „Du wirst mir nicht wehtun. Ich will es."

„Gegen eine Banane ist ein Finger wahrscheinlich nichts."

Wir lachten, und ich sagte: „Na ja, und Schwänze sind im Allgemeinen dicker als Finger. Manchmal auch als Bananen, aber manchmal auch nicht."

Sam krümmte den Finger, drückte und dehnte mich. „Soll ich dich…?"

Unsere Gesichter waren so nah beieinander, dass sich unser Atem mischte. Ich spannte die Muskeln um seinen Finger herum an, und er keuchte auf. Der Lufthauch kitzelte meine Nase. Ich nickte und sagte: „Ich will, dass du mich fickst.

Ich will deinen Schwanz in mir haben. Wenn du willst? Geht es dir zu schnell?"

Er bewegte seinen Finger ein und aus, umkreiste meinen zuckenden Schließmuskel. „Ich will schon. Aber ich weiß nicht, wie das geht. Ich meine, ich hab's schon mit Frauen gemacht, aber nicht in den Arsch. Hab's einmal versucht, aber ihr hat es zu sehr wehgetan."

„Schon gut. Wir müssen ja nicht. Es ist das erste Mal. Ich meine, für uns."

Uns. Schlagartig wurde mir wieder bewusst, dass ich das wirklich erlebte. Ich küsste Sam, wir waren nackt, und er hatte einen Finger in meinem Arsch und versuchte, meine Prostata zu finden. Ein Funkenregen aus Freude schwirrte durch meine Adern.

„Ich will aber", sagte Sam schweratmend. „Ich bin sowas von geil. Ich glaube… ich glaube, ich will dich schon lange, deshalb kommt es mir nicht zu schnell vor."

Ich nickte. „Das verstehe ich. Mir geht es genauso." Es hätte vielleicht nicht ganz normal sein sollen, nach dem allerersten Kuss gleich an Penetration zu denken, aber das war Sam. Mit ihm fühlte ich mich völlig wohl. Wir hatten auch schon zusammen in einem Zelt geschlafen und Wettfurzen gemacht.

Wie sexy, daran zu denken!

Grinsend sagte ich: „Mach den Finger krumm.

Ja, genau so – da!" Er traf die richtige Stelle, und der Funkenregen sprühte erneut, diesmal direkt hinter meinen Augen. Meine Eier kribbelten und mein Schwanz triefte. „Jesus." Ich zwängte eine Hand zwischen uns und packte ihn am Handgelenk. „Steck deinen Schwanz in mich rein, bevor ich abspritze."

Er zog den Finger heraus und sagte atemlos: „Guter Plan. Wie?"

„Kann ich dich reiten?"

„Oh, wow", flüsterte er und drehte sich auf den Rücken. „Ja. Klingt gut."

Mit vereinten Kräften streiften wir ein Kondom über seinen Schwanz und trugen so reichlich Gleitgel auf, dass es in seine Schamhaare tropfte. Er schluckte krampfhaft sah mit großen Augen zu, wie ich seinen Schaft festhielt und mich über ihn kniete, die Lippen halb geöffnet. Ich senkte mich herab und griff dabei mit einer Hand nach hinten, um ihn mir einzuführen.

Sein Schwanz war lang und eher dünn, und er war leicht gebogen. Er dehnte mich wunderbar. „Viel besser als eine Banane", stöhnte ich, als er ganz in mir war.

Wir lachten, und ich liebte ihn so sehr.

„Du fühlst dich fantastisch an", murmelte er.

Ich spannte die Muskeln um ihn herum an und kreiste leicht mit den Hüften. „Eng?" Ich war nicht ganz unerfahren, aber ich hatte auch nicht allzu oft Sex. „Magst du das?“ Magst du mich?

„Ja. Gott, ja.“ Sam packte mit glitschigen Fingern meine Oberschenkel. „Ich kann's nicht fassen, dass wir das machen.“

„Ich auch nicht. Aber ich bin froh. Bist du auch froh?“

Ich blickte beklommen auf ihn hinab. Er war wunderschön im Schein der bunten Lichter. Ich stützte die Hände auf seine glatte Brust, umklammerte seinen Schwanz in mir ganz fest und wollte ihn nie wieder loslassen. Wenn er nicht froh war – wenn er meine Liebe nicht erwiderte…

Ich wusste in diesem Moment, dass mein Herz auf dem Spiel stand.

Und weil ich ein Freak war, fragte ich: „Bist du nur geil? Bin ich wirklich derjenige, den du willst?“

Kapitel Sieben

Sam

ICH HIELT ETIENNES Hüften so fest gepackt, dass ich blaue Flecken hinterlassen würde, und versuchte, mich auf seine Frage zu konzentrieren, obwohl die Lust in mir tobte und mich drängte, mich in seinen unfassbar heißen Körper hinein zu rammen.

„Ja."

Er erstarrte auf mir und fragte stirnrunzelnd: „Ja, du bist geil?"

„Ja, schon, aber ich meine nein." Heilige Scheiße, wovon redeten wir überhaupt? Was hatte ich gerade gesagt? Was waren Worte? „Soll ich dir *Grease* vorsingen?"

Jetzt sah er wirklich verwirrt aus. „Hä?"

Ein manisches Lachen brach aus mir heraus, und ich trällerte: *„You're the one that I want."*

Verdammt, ich konnte einfach nicht singen. Trotzdem hängte ich auch noch das *oh-oh-oh* an.

„Oh!" Etienne lächelte breit, und seine weißen Zähne schimmerten in regenbogenfarbenen Lichtschein.

„Du bist so niedlich", sagte ich. „Warst du schon immer so niedlich?"

Gott, er strahlte mich an. „Das will ich wohl meinen." Seine Muskeln drückten meinen Schwanz.

Mit einem Ächzen griff ich nach seiner Erektion. Als ich elf war, hatte ich im Sommercamp einmal mit einem Jungen, dessen Namen ich vergessen hatte, Handjobs ausgetauscht, aber das hier war definitiv etwas ganz anderes. Damals hatte ich das Erlebnis abgetan. Viele Jugendliche experimentierten herum. Das war normal. Völlig! Aber ich war kein Kind mehr.

Und Etienne war jeder Zoll ein Mann. *Jeder Zoll, kapiert?* Mein Hirn geriet ins Schleudern, als ich ihn streichelte. Sein Schwanz war nicht riesig, aber heiß und dick in meiner Hand. Seine Erregung so greifbar zu fühlen – sein pochendes Verlangen *nach mir* – war der Wahnsinn.

Er schloss die Augen und wiegte sich zwischen meiner Hand und meinem Schwanz hin und her, während ich ihn von unten fickte. Er hatte schon immer so ein tolles Rhythmusgefühl gehabt, und ich dachte an vorhin, als ich ihm beim Klavierspielen zugesehen und mir gewünscht hatte, ich könnte ihn küssen.

Wir atmeten schwer, keuchten und schnappten nach Luft unter dem Klatschen von Haut auf Haut. Ich murmelte: „So heiß. Ich will dich küssen." Mein Hirn spuckte Wörter und Sätze aus, die dann aus meinem Mund kamen.

Er schrie auf und kam, spritzte mich über und über mit Sperma voll. Er spannte die Muskeln um meinen Schwanz herum an, und ich war ganz kurz davor, aber ich hielt mich gewaltsam zurück. Wenn ich wichste, machte ich das unheimlich gern – aufhören, wenn ich ganz kurz davor war, und dann wieder anfangen, wieder und wieder.

Etiennes Atem kam in heißen, keuchenden Stößen. Er sackte über mir zusammen und mein Schwanz glitt aus ihm heraus. „Gib mir 'ne Sekunde. Dann kannst du…" Er fummelte nach meinem Schaft. „Oh. Du musst kommen."

„Hat keine Eile. Ich warte gern."

Etienne setzte sich auf und rutschte nach hinten, bis er auf meinen Oberschenkeln saß. Er starrte meinen Schwanz an, als wäre der, keine Ahnung, eine Goldmedaille oder sowas.

„Darf ich dir einen blasen?", fragte er – als ob ich da nein sagen würde.

„Äh, ja!" Ich zog das Kondom ab und warf es weg.

Wir schlängelten uns herum, bis er zwischen

meinen Beinen kniete statt rittlings über ihnen, und er beugte sich vor und – heilige Scheiße, er schluckte mich bis zum Anschlag. Soviel zum Thema „Orgasmus hinauszögern".

Ich konnte nicht stillhalten. Ich griff mit einer Hand nach dem Kopfteil des Bettes und hielt mich fest, weil ich kurz davor war, freiweg vom Bett abzuheben. „Oh fuck, ich bin…"

Mit einem absolut obszönen, feuchten Schlürfen gab Etienne meinen Schwanz frei. Ich kniff die Augen zu und dachte an garantiertes Grundeinkommen – und verdammt, das nützte nicht viel, weil ich total auf garantiertes Grundeinkommen stehe.

Es machte die Sache auch kein bisschen besser, dass Etienne sich jetzt küssend, knabbernd und leckend an meinem Körper nach oben arbeitete. Ich ließ die Augen zu. Es war fantastisch, ihn zwischen meinen Beinen und auf mir zu spüren. Er fühlte sich viel größer an als ich, und das war neu. Er bestand nur aus schlanken Muskeln.

Es gefiel mir.

Dann war sein Gesicht wahrhaftig in meiner Achselhöhle, und das war extrem neu. Ich war alles in allem nicht sonderlich stark behaart, aber unter den Achseln hatte ich ansehnliche Haarbüschel. Und Etienne rieb sein Gesicht an ihnen und schnupperte an mir.

Es gefiel mir.

Machten nur Männer sowas? Ich war mit drei Frauen zusammengewesen, und das war noch nie vorgekommen. Machte nur Etienne das? Mochte er Achselhöhlen?

Es gefiel mir.

Das hatte so etwas Derbes und … *Animalisches* an sich. Ich stieß die Hüften nach oben, brauchte unbedingt Reibung. Ich musste kommen. Ich wühlte ihm die Finger in die Haare und bettelte: „Ich brauch' dich. *Bitte*.“

Etienne tauchte praktisch wieder nach unten. Seine Zunge berührte aufreizend meine Eichel, und Jesus, dieses Saugen und –

Ich verlor die Beherrschung und kam zitternd und stöhnend tief in seiner Kehle. „Sorry!“, japste ich, aber er stöhnte nur und schluckte, immer noch mit meinem Schwanz im Mund. Ich sah zu, wie er an mir leckte und lutschte. Seine Lippen waren geschwollen und feucht, und seine dichten Wimpern sahen echt wie Eyeliner aus. Er war wunderschön.

Er gehört mir.

Keine Ahnung, ob sich das als zutreffend erweisen würde, aber Mann, die Vorstellung gefiel mir. Ich streichelte ihm den Kopf und schloss die Augen, als die Erschöpfung mich im Nachklang der Lust übermannte. Ich war von Kopf bis Fuß völlig ausgelaugt.

Ich seufzte, als Etienne meinen erschlafften

Penis behutsam freigab. Die Matratze wippte, und im Badezimmer lief Wasser. Ich seufzte erneut, als ein warmer Waschlappen über meinen Körper wischte.

Mein Hirn machte diese komischen surrealen Sachen, die manchmal beim Einschlafen passierten, wenn sich Träume bildeten. Ich schlief, aber ich wusste nicht genau, wie lange…

Etwas strich ganz leicht über meine Wange. Etiennes Fingerspitzen? Ich versuchte, die Augen zu öffnen, aber sie fühlten sich an wie zugeklebt. Das passierte manchmal, wenn ich richtig heftig kam. Eigentlich wusste ich gar nicht, ob ich schon jemals so heftig gekommen war.

„Sam?" Sein warmer Atem streifte mein Gesicht.

„Mm-hmm."

„Bist du okay?"

„M-hm."

Schweigen. Dann sagte er: „Bitte flipp nicht aus."

Das Zittern in seiner Stimme bescherte mir einen Adrenalinstoß, der mich ruckartig die Augen öffnen ließ. Er hatte Angst, und das war nicht okay. „Das tu' ich nicht. Versprochen. Ich meine, ein bisschen schon? Aber eigentlich nicht." Ich griff nach ihm, und meine Hand landete auf seiner haarigen Brust. Er lag auf der Seite und beobachtete mich argwöhnisch.

„Bitte bereu' es nicht", flüsterte er.

Ich strich mit dem Daumen über seine rauen Brusthaare. „Tu' ich nicht." Oder doch? „Nein. Ich glaube, mir ist gerade das Hirn zu den Ohren rausgelaufen, aber ich bereue es nicht."

Er umkreiste mit dem Daumen träge meine Brustwarze. Eine neue Welle der Lust schoss durch meine Adern, obwohl das eigentlich nicht möglich sein sollte. Ich war zu weggetreten, um mich vom Stöhnen abzuhalten. Er hob ruckartig den Kopf und sah mich an.

„Magst du das? Nippel?"

„M-hm."

Eine Zeitlang spielte er mit Lippen und Fingern an meinen Nippeln herum. Es jagte mir köstliche Schauer über den Rücken. Ich murmelte: „Seit wann magst du mich?"

Etienne, der gerade meinen Bauchnabel umkreiste, blickte auf. „Schon sehr lange."

Meine Brust wurde eng. Ich wusste nicht, wie ich mich dabei fühlen sollte. Irgendwie seltsam, wahrscheinlich. Geschmeichelt, aber auch dumm, weil ich es nicht gemerkt hatte. Wieso hatte ich das nicht gesehen?

„Aber seit wann genau?", fragte ich und fügte mit aufgesetzter Arroganz hinzu: „War es nur meine animalische Anziehungskraft oder...?"

„Oh ja. Mit vierzehn warst du eine wilde Bestie mit deiner Zahnspange."

Ich lachte, aber mein Herz setzte einen Schlag aus. „Moment mal, mit vierzehn? Als wir uns kennengelernt haben?" Ich konnte mich gerade noch davon abhalten, zu fragen: *„War es Liebe auf den ersten Blick?"* Nein, ich würde das L-Wort nicht in den Mund nehmen. Zu früh! Aber vielleicht nicht für Etienne? Das war *Jahre* her. Wow.

„Weißt du noch, als ich an die Schule gekommen bin? In der ersten Woche hatten wir Sport, und Brad Douglas hat mich gefragt, warum ich ohne meine Eltern nach Vancouver gezogen bin. Wahrscheinlich hatte es sich herumgesprochen, dass ich bei einer anderen Familie lebte. Ich war bei Hannah Kwans Eltern untergekommen, weil sie ein freies Zimmer hatten."

„Brad Douglas, dieser Wichser. Den kann ich überhaupt nicht leiden. Und ja, ich glaube, daran kann ich mich erinnern. Apropos, hast du in letzter Zeit mal mit Hannah geredet?"

„Ja, bei ihr und Anton Orlov läuft es richtig gut. Ich glaube, bei den Nationals im Januar schaffen sie es aufs Podium."

„Was, echt? Das ist ja toll. Was Paare angeht, kenne ich mich nicht aus." Ich verzog das Gesicht. „Ha, ha, hast du die Pointe verstanden?"

Ein süßes, leichtes Lächeln spielte um seine Lippen. „Schon klar." Er beugte sich vor und küsste mich. Erst nur flüchtig und dann inniger.

Ich vergrub die Finger in seinen Haaren und öffnete den Mund, genoss das Gleiten seiner Zunge an meiner, so rau und feucht und heiß. Etienne konnte fantastisch küssen. Ich küsste Etienne. Wir waren *nackt* und küssten uns. Die Überreste seines Spermas waren auf meiner Haut getrocknet wo er mit dem Waschlappen eine Stelle übersehen hatte. Mein Schwanz war *in ihm* gewesen.

Nicht in irgendeinem Mann, sondern in *Etienne*. Der mich küsste und meine ausgepowerten Eier bereits wieder zuckend zum Leben erweckte, der mit der Zunge diese Kreiselbewegung machte, die mich in seinen Mund stöhnen ließ.

Das war total schräg!

Ein ungläubiges Lachen brach aus mir heraus, und als Etienne stirnrunzelnd zurückwich, kicherte ich unkontrolliert los.

„Ähm, was gibt's denn jetzt zu lachen?"

„Nichts, gar nichts." Aber ich lachte immer noch. „Es ist schon witzig, aber es ist kein Witz!"

Er musterte mich skeptisch. „Bist du high?"

„Nur vom Sex! Mit dir. Ich hab' dich gefickt. Wir haben gefickt." Ich wedelte mit der Hand zwischen ihm und mir hin und her. „Du und ich. Das ist surreal."

Etienne lächelte, immer noch zögernd. „Ja. Ich glaube, ich weiß, was du meinst."

Ich zog ihn an mich und küsste ihn lachend.

„Es ist fantastisch, versteh mich nicht falsch.“

„Okay.“ Er schmiegte das Gesicht an meine Wange.

„Also, Moment, erzähl weiter. Wie war das, als wir uns…“ Ich wedelte erneut mit der Hand. „Irgendwas mit diesem Arschloch Brad?“ *Konzentrier dich, Sam.*

„Ja, richtig.“ Er stützte den Kopf wieder auf die Hand und sagte: „Sportunterricht. Ich habe Brad erzählt, ich wäre nach Vancouver gekommen, um mit einer neuen Partnerin zu trainieren. Dass ich Eiskunstläufer war.“

„Ooh, daran hab' ich erst kürzlich gedacht! Ich weiß noch, als wir mit der ganzen Klasse Schlittschuh laufen waren und du alle so gewaltig beeindruckt hast. Und Brad hat vorher ewig rumgelästert, von wegen Eislaufen wäre Weiberkram oder irgend so ein Scheiß.“

„Ja. Ich meine, als Kind wurde ich in der Nachbarschaft schon ein bisschen gehänselt, aber ich war als Klavierschüler auf einer Kunstschule. Dort hatte niemand ein Problem mit Eistanzen.“

„Henry ist oft gehänselt worden. Das ist einer der Gründe, warum er zu Hausunterricht gewechselt hat.“

„Ich kann mich erinnern. Typen wie Brad gibt es überall. Er fand es saukomisch, dass ich Eistänzer war. Er wusste nicht mal, was das bedeutet, aber für ihn klang es eindeutig *schwul*.“

„Bäh. Ich hasse den Kerl.“

„Und da ich auch noch wirklich schwul war…“ Sein Blick ging in die Ferne. „Es war beängstigend. Ich weiß noch, dass meine Shorts zu klein waren. Ich hatte mitten im Jahr die Schule gewechselt, und es gab keine Sportuniform in meiner Größe. Die musste erst bestellt werden, und bis dahin musste ich diese Shorts tragen, die zu klein waren.“

„Hm. Ich kann mich an nichts Ungewöhnliches an deinen Shorts erinnern.“

Er schnaubte. „Sie waren nur eine Nummer zu klein – keine große Sache. Wie du gesagt hast, wahrscheinlich hat das nicht mal jemand bemerkt. Aber der Hosenbund hat eingeschnitten. Ich hatte das Gefühl, als ob alle mich anstarren würden. Und ich hatte Pickel am Kinn.“ Er erschauerte. „Teenager-Alptraum.“

„Wenigstens hattest du nie eine Zahnspange. Aber ja, ich versteh‘ schon.“ Plötzlich kam mir die Erinnerung. „Oh mein Gott! Jetzt fällt es mir wieder ein. Das Seil?“

Er strich mir die Haare aus dem Gesicht und lächelte sanft. „Ja. Du hast gehört, wie Brad mich verspottet hat, weil ich Eiskunstlauf mache. Aber warum hast du überhaupt an diesen Tag damals gedacht, als wir mit der ganzen Klasse beim Schlittschuhlaufen waren und die anderen begriffen haben, dass ich ein Spitzensportler bin?“

„Das war, als du in der Lounge Klavier gespielt hast.“

Er runzelte die Stirn. „Warum?“

„Ist doch logisch – weil du ein Spitzen-Pianist bist und alle aus den Socken gehauen hast.“

„Was?“ Er verzog das Gesicht. „Von wegen. Ich habe seit Monaten nicht mehr gespielt. Ich bin total eingerostet.“

„Davon hab‘ ich aber nichts gemerkt.“

„Weil du keine Ahnung vom Klavierspielen und von Musik hast.“

„Hey, hab‘ ich wohl! Na ja, ich hab‘ null Talent, aber Henry hat auch Klavier gespielt. Ich hab‘ ihm oft zugehört. Und glaub‘ mir – du *hast* Talent. Es ist was Besonderes.“

Etienne betrachtete mich skeptisch. „Sagst du das jetzt auch nicht nur so?“

„Wieso sollte ich? Ich hab‘ dich doch schon ins Bett gekriegt.“

Nackt. Im Bett. Mit Etienne.

Wieder kicherte ich los. Etienne lachte mit und erstickte dann mein Gelächter mit Küssen. Er rollte sich auf mich, und ich spreizte bereitwillig die Beine. Fuck, das fühlte sich so gut an.

Und wir waren nackt! Wir hatten gefickt, und alles deutete darauf hin, dass wir das bald wieder tun würden. Wie konnte das das wirkliche Leben sein? Ich hätte fast wieder losgelacht, aber ich schaffte es, mich zu beherrschen.

„Warte, du musst die Geschichte zu Ende erzählen." Ich drehte das Gesicht weg, um einem weiteren Kuss auszuweichen.

„Du hast doch gesagt, dass du dich erinnerst."

„Ich will's trotzdem hören." Hitze strömte mir in die Wangen. War ich egoistisch? Vielleicht, aber es begeisterte mich, zu hören, dass Etienne mich schon so lange mochte. Zugleich fühlte ich mich dabei wie ein blinder Trottel, aber damit würde ich mich später befassen. Wir lagen nackt im Bett, und ich war glücklich.

„Glücklich" war gar kein Ausdruck.

Etienne zeichnete meinen Mund mit der Fingerspitze nach. „Du bist quer durch die ganze Halle marschiert und hast Brad eröffnet, dass Eiskunstläufer unglaublich athletisch sind. Du hast gesagt, ich sei viel stärker als er. Also hat er mich zu einem Wett-Seilklettern herausgefordert."

„Deine Shorts waren wirklich klein. Jetzt erinnere ich mich wieder." Ich sah ihn wieder vor mir, wie er an diesem Seil hochgeklettert war, die Muskeln in seinen langen, schlanken Beinen und Armen angespannt. „Ich glaube… ich glaube, ich fand dich sexy."

Seine Augenbrauen schnellten in die Höhe. „Ja?"

„Ja. Aber das habe ich ganz schnell verdrängt. Wir wurden Freunde. Beste Freunde. Und ich hab' angefangen, mit Sarah Zimmermann zu gehen.

Aber heilige Scheiße, stell dir vor, du hättest nicht an diesem Seil hochklettern können?"

Er lachte. „Ich war jedenfalls erleichtert. Und Brad hat es nicht einmal bis zur Hälfte geschafft. Das war extrem befriedigend. Er hat mich weiterhin verspottet, aber…" Etienne zuckte die Achseln.

Ich fuhr mit den Fingern durch seine Brusthaare und lächelte. „Damit war er allein, nachdem unsere Klasse beim Schlittschuhlaufen war. Du warst fantastisch, als du so über das Eis geflogen bist. Im Jahr darauf hast du mit Bree die Juniorenmeisterschaft gewonnen."

Schwermut überkam ihn. „Ja. Und jetzt…"

„Schon gut." Ich rieb ihm die Brust. Wieso kam mir das so selbstverständlich vor? „Ihr findet schon eine Lösung."

Er nickte, und seine dichten Wimpern senkten sich herab, als er mich küsste. „Das war also der Moment. Nachdem du dich für mich eingesetzt hattest. Und schuld daran warst, dass ich mir in meinen kurzen Höschen die Oberschenkel am Seil aufgescheuert habe."

Lachend schubste ich ihn auf den Rücken. „Armer Schatz. Das hat bestimmt wehgetan."

„Und wie!"

Mein Herz pochte, als ich die Finger über seine Hüften gleiten ließ. „Soll ich den Schmerz wegküssen?" Okay, es war Jahre her, also taten seine Schenkel natürlich nicht mehr weh.

Aber ich wollte ihn dort küssen. Nicht nur das.

Er schluckte sichtlich, nickte und spreizte die Beine, und ich kniete mich dazwischen und sah zu, wie sein Schwanz sich aufrichtete. Die feuchtglänzende Eichel schaute heraus, und ich beugte mich vor und leckte versuchsweise daran. Etiennes raues Aufstöhnen sorgte dafür, dass mein Blut augenblicklich südwärts rauschte.

Wollte ich das allen Ernstes tun? Einem Mann einen blasen? Und nicht nur irgendeinem Mann – meinem besten Freund?

Er hatte feine, dunkle Haare an den Beinen, und ich strich zaghaft mit den Händen über seine Oberschenkelmuskeln, streifte mit den Daumen flüchtig über die weiche Innenseite seiner Schenkel. „Hier?", flüsterte ich.

Seine Brust hob und senkte sich, als er nickte.

Ich bückte mich und drückte leichte Küsse auf die zarte Haut. Er fasste nach meinem Kopf, die Finger weit gespreizt. Aber er drückte ihn nicht runter oder so. Ich spürte die Anspannung in seinem ganzen Körper, aber er hielt mich nur fest.

Alle Frauen, mit denen ich zusammengewesen war, hatten sich die Schamhaare rasiert oder mit Wachs entfernt, daher war ich diese vielen Haare nicht gewohnt. Ich glaube, es gefiel mir? Sie kitzelten, als ich die Nase an Etiennes Eier drückte, aber ich verkniff mir das Lachen. Ich wollte ihm einen blasen, und ich musste konzentriert bleiben.

„Du musst nicht", murmelte Etienne. Offensichtlich hielt er meine Langsamkeit für Unschlüssigkeit.

Ich hob den Kopf. „Ich will aber. Wirklich." Sein Schwanz war jetzt voll erigiert, und ja, es war mir nicht ganz geheuer, aber ich würde es tun. „Ich will dich."

Für einen Moment dachte ich, er würde gleich weinen. Dann nickte er und biss sich auf die Lippe. Er zitterte vor Verlangen und mühsamer Beherrschung, und mir war jetzt alles egal. Nichts wie ran.

Also ging ich es an. Ich bückte mich, lutschte an seiner Eichel und schmeckte bittere Flüssigkeit. Ich verzog das Gesicht, aber ich spuckte sie nicht aus. Ich würde mich einfach daran gewöhnen müssen. Denn ich hatte einen Schwanz im Mund und fand das gar nicht schlimm?

Ich hatte *Etiennes* Schwanz im Mund und fand es eigentlich ganz wunderbar.

Ich versuchte, mich an die Tricks zu erinnern, die die Frauen bei mir angewandt hatten, und lutschte schnell und kräftig, dann wieder langsam. Ging mit der Zunge auf Erkundungstour, drückte sie gegen das schwammige Fleisch, während mir der Speichel aus dem Mund rann. Ich öffnete die Lippen weiter und nahm mehr von ihm in mich auf.

„*Tabarnak.* Das fühlt sich so gut an.“

Fast hätte ich innegehalten und ihn gefragt, ob er das ernst meinte. Doch als ich durch die Wimpern zu ihm aufsah, war sein Gesicht gerötet, er rutschte unruhig hin und her und hatte Schweißtropfen auf der Stirn. Oh ja, er meinte es ernst.

Eine meiner Hände lag immer noch auf seinem Oberschenkel, und seine Muskeln zuckten. Nachdem ich die andere unten um seinen Schaft gelegt hatte, lutschte ich auf und ab und drehte dabei meine Hand. Die Geräusche waren laut und ziemlich peinlich – aber auch geil. Verdammt, das war geil.

Außerdem hatte ich die Frauen, mit denen ich zusammengewesen war, nie danach beurteilt, ob sie beim Blasen schlürften – oder sabberten. Also scheiß auf Peinlichkeit.

Ich hatte Etiennes Schwanz im Mund, und ich würde mir alle Mühe geben, ihn zum Abspritzen zu bringen – obwohl wir erst vor nicht ganz einer Stunde Sex gehabt hatten und er wahrscheinlich nicht –

„Jetzt, jetzt!“ Er versuchte, meinen Kopf wegzuschieben, und ich wich gerade noch rechtzeitig zurück, um sein Sperma ans Kinn zu kriegen. Er wölbte den Rücken, den Mund halb geöffnet, und ich sah ihm bis zum letzten Tropfen beim Abspritzen zu. Unsere Blicke trafen sich, und ich war nur vom Zuschauen schon steinhart.

Ich merkte erst, dass ich zu wichsen begonnen hatte, als Etienne mich hochzog, so dass ich aufrecht zwischen seinen Beinen kniete. Keuchend sah er mich an und leckte die Lippen.

„Komm auf mich", sagte er heiser. „Du bist so schön. Ich will dich schon so lange, Sam."

Und obwohl wir keine mageren Neuntklässler mehr waren – der nackte Mensch vor mir war definitiv ein Mann – war das Wissen, dass er mich all die Jahre gemocht hatte, so mächtig, dass mir schlagartig die Luft wegblieb.

Tiefer geliebt zu werden, als ich je geahnt hatte, trieb mir fast die Tränen in die Augen. Verdammt, ich war wirklich ein Idiot, dass ich das nicht gemerkt hatte.

Ich glaube, Etienne liebt mich.

Ich glaube, ich liebe Etienne.

Der Orgasmus brach aus mir heraus, und mein Sperma spritzte auf Etiennes Brust und Bauch. Er sah mir zu und stöhnte, als wäre er gerade selbst nochmal gekommen. Dass er meine Lust so sehr genoss ließ mir das Herz aufgehen, während mein Schwanz erschlaffte.

Ich brach auf ihm zusammen, und wir küssten uns, bis wir nur noch darüber lachen konnten, wie eklig und verklebt wir waren. Etienne wischte mir sein Sperma vom Kinn und leckte dann meine Haut sauber, und das war geradezu verboten sexy.

Als es an der Tür klopfte, schraken wir zusammen und machten „Psst!“, lachend wie Kinder. Ich war high vor Freude und Endorphinen, und ich schnappte mir Etiennes Bademantel. Ich überlegte gar nicht, wer da wohl geklopft hatte, als ich den Frottee-Gürtel zuknotete und die Tür aufmachte.

Den roten Bommel sah ich zuerst.

Unter der Team-Canada-Pudelmütze hervor grinste mich meine Oma an. Wenn sie nicht so niedlich gewesen wäre, hätte ich ihr die Tür vor der Nase zugeschlagen.

Kapitel Acht

Etienne

BREE WIRD BESCHEID *wissen, sobald sie Sam in meinem Bademantel sieht.*

Ich schaute lächelnd an die Decke und wartete darauf, die vertraute Stimme zu hören. Durch die offene Tür fegte ein Schwall eisiger Luft herein, und ich kuschelte mich unter die Bettdecke.

„Obaachan! Was? Wie? *Was?* Was machst du hier?!" Sams Stimme war schrill vor unüberhörbarer Panik.

Ich setzte mich ruckartig auf, und dann wurde mir bewusst, dass ich immer noch mit Sperma verkleckert war. Sam zog die Tür halb hinter sich zu, und ich rollte mich wie ein Ninja aus dem Bett und zuckte zusammen, als mein Knie auf den Holzboden knallte. Wenigstens war die Hütte winzig, daher brauchte ich nur einen Moment lang zu krabbeln, bis ich im Bad war.

Die Fliesen waren eiskalt. Ich war nackt. Sams Oma stand vor der Tür. Draußen lag ein Kondom auf dem Boden. War ich daran vorbeigekrabbelt? Warum hatte ich es nicht mitgenommen?

Sam und ich hatten Sex gehabt.

„Konzentrier' dich", murmelte ich, während ich die Badezimmertür abschloss. Ich hatte keine Ahnung, was zum Teufel Sams Oma vor unserer Tür zu suchen hatte. Aber der Rest von Sams Familie war wahrscheinlich auch hier.

Ich machte Licht und stellte die Dusche an. Im Moment konnte ich nichts weiter tun, als mir die Indizien dafür abzuwaschen, dass wir gerade gefickt hatten.

Sam und ich hatten Sex. Sam mag mich auch. Vielleicht lie –

Ich schlug mir eine Hand vor den Mund, um das aufgeregte Kichern zu ersticken. Ich war noch nie so glücklich gewesen, aber ich musste mich zusammenreißen. Unter der Dusche schrubbte ich mich sauber und tat so, als wollte ich gleich bei einem Wettkampf aufs Eis.

Tribünen voller Leute. Die Jury hält sich bereit, mich vom Anstellwinkel meiner Skates bis hin zur Streckung meines Spielbeins zu kritisieren. Fernsehkameras laufen. Millionen Zuschauer in aller Welt.

Mit einem Handtuch um die Hüften, da alle meine Klamotten im Hauptraum waren, straffte ich die Schultern und setzte mein bestes Eisläufer-Lächeln auf.

Sam war immer noch an der Tür, daher zog ich schnell eine Jogginghose und ein Hoodie an und trat zu ihm. Mein Lächeln war immer noch intakt, als ich Sams Familie fröhlich zuwinkte. Sie standen alle knietief im frisch gefallenen Schnee von gestern Abend, da das Resort den Personalbereich offensichtlich noch nicht geräumt hatte.

Sams Eltern, seine Großmutter und sein Bruder waren da, und Bree ebenfalls. Sie sah mich mit ganz großen Augen an.

Ich sagte: „Hi! Was für eine wunderbare Überraschung!" *Lächeln, lächeln, lächeln.*

„Meine Familie ist hier", sagte Sam mit zusammengebissenen Zähnen.

„Er hat Augen im Kopf, Samu!" Mrs. Tanaka breitete die Arme aus, und ich bückte mich, um sie zu umarmen. Ihr Parka war so bauschig, dass sie mich an einen Schneemann erinnerte. „Frohes neues Jahr! Wir schauen dir heute beim Eislaufen zu."

„Super!" Ich richtete mich auf, immer noch lächelnd, und umarmte erst Sams Eltern, dann Henry. Er lächelte aufrichtig und nickte mir kurz zu. Beifällig? Hatte Sam es ihm gesagt?

Sam und ich hatten Sex. Er mag mich auch.

„Sie wollten euch unbedingt überraschen!", sagte Bree. „Aber Mann, ist das kalt hier draußen!

Warum kommt ihr zwei Schlafmützen nicht zu uns ins Hotel? Wir treffen uns in zwanzig Minuten zum Brunch." Sie machte eine „husch-husch" Geste zu Sam. „Du holst dir noch Frostbeulen an den Zehen!"

Sam bibberte tatsächlich, und er sagte hastig: „Ja, tschüs!" und hechtet praktisch wieder nach drinnen. Ich winkte, immer noch lächelnd, und schloss die Tür.

„Oh Gott, oh Gott", flüsterte Sam. „Rieche ich nach Sex? Bestimmt. Wissen sie's?"

Seine Panik schnitt mir ins Herz und tat mehr weh, als sie sollte. Ich verstand, warum er ausflippte. Natürlich. Aber… schämte er sich für mich? Dafür, dass er mit einem Mann zusammen war? Dass er mit *mir* zusammen war?

Ich sagte: „Keine Ahnung. Wir benehmen uns nachher einfach ganz… normal." Dieses Wort kratzte schmerzhaft in meinem Hals.

Sam wirbelte herum und sah mich an. „Moment mal, so war das nicht… ich will nichts verheimlichen. Ich will das mit dir nicht verheimlichen."

„Willst du nicht?"

„Nein!"

„Ich dachte, vielleicht bist du gerade am Ausflippen, also…"

Sam raufte sich mit beiden Händen die Haare, dass sie in alle Richtungen standen. „Okay, ja. Bin ich. Was wir gemacht haben, war fantastisch. Ich hab's geliebt. Ich liebe—" Er rieb sich das Gesicht und atmete flach. „Ich bereue nichts, und ich schäme mich nicht für dich. Ich hätte nur nicht damit gerechnet, dass meine Familie vor der Tür steht, während ich doch noch schmecken kann."

Der Schmerz und die Angst verschwanden wie Kratzer auf der Eisfläche unter dem Zamboni. „Das ist verständlich. Es ist viel zu verarbeiten. Für mich auch. Aber ich bereue auch nichts. Nicht das kleinste Bisschen."

Wir lächelten uns an und umarmten uns. Ich liebte es, ihn so fest an mich drücken zu können. Wir schlugen uns nicht gegenseitig auf den Rücken. Kein schwachsinniges „Bro"-Getue mehr. Ich atmete tief ein.

„Du riechst wirklich nach Sex."

Stöhnend machte Sam sich los, streifte den Bademantel ab und ließ ihn auf den Boden fallen, bevor er im Bad verschwand.

Bald darauf saßen wir mit Sams Familie, Bree und Tim an einem runden Tisch. Ich trank meinen Kaffee zu hastig und verbrannte mir die Zunge. Das war absolut surreal. Ich hatte das Gefühl, als ob jeder, der Sam und mich auch nur ansah, sofort wissen würde, dass wir gefickt hatten. Es musste ja in Neonschrift über unseren Köpfen blinken.

Als ich in die Speisekarte schaute, verschwammen die Worte miteinander. Ich bestellte Eier Benedikt, weil die auf jeder Brunchkarte in Nordamerika standen. Die Kellnerin notierte es auf ihrem Block, also lag ich offenbar richtig.

Während die anderen am Tisch miteinander plauderten und schließlich unser Essen kam, schaffte ich es, zu lächeln und zu nicken. Unter dem Tisch drückte Sam sein Knie gegen meins. Es war sowohl tröstlich als auch unerträglich erotisch.

Am liebsten hätte ich seiner Familie und allen anderen gesagt, dass sie uns in Ruhe lassen sollten, damit wir noch mehr Sex haben konnten. Aber Bree und ich hatten nachher zwei Shows, also würde das warten müssen.

Tim sagte etwas, das ich nicht mitbekam, und Bree lächelte mich an, also war es wahrscheinlich ein Kompliment zu unserem Eistanz. Ich nickte und trank einen großen Schluck frischen Kaffee, ohne daran zu denken, dass ich mir die Zunge schon einmal verbrannt hatte. Die Hollandaise hatte den Schmerz gelindert.

„*Tabarnak*", murmelte ich, bevor mir wieder einfiel, wo ich war. „Tut mir leid. Zu heiß." Ich deutete auf meinen Mund.

„Hast du dich verbrannt?" Sam runzelte besorgt die Stirn.

„Du musst den Schmerz wegküssen, Samu!", sagte Mrs. Tanaka augenzwinkernd.

Alle Luft im Raum rauschte hinaus. Mein

Herzschlag dröhnte in meinen Ohren. Hatte ich eine Hose an? Das musste doch alles ein sonderbarer Traum sein. Gleich würden alle nackt dasitzen. Nicht, das ich sie so sehen wollte. Mit Ausnahme von Sam.

Ich fragte: „Wie bitte?"

„Ihr seid offensichtlich in einer Liebesbeziehung", meinte Henry.

Sam verschluckte sich an seiner Mimosa und zappelte herum, während er zu schlucken versuchte. Ich starrte Henry an, der Sam gelassen beobachtete. Es war typisch für Henry, dass er nur wenig sagte, aber diesen Worten Gewicht verlieh.

Ich blickte mich am Tisch um. Bree und Tim saßen da wie erstarrt, als ob sie bei einem Autounfall zuschauen würden. Aber Sams Eltern aßen einfach weiter. Seine Oma bestrich ein Stück Toast mit Butter. Sie trällerte: „Wird auch langsam Zeit."

Ich hatte so viele Fragen, aber ich wartete auf Sam. Er schluckte krampfhaft und sah mich an, dann fragte er: „Was soll das heißen?"

Mr. Sakaguchi rührte mit einem Löffelklirren in seinem Kaffee. „Wir haben immer gedacht, dass ihr zwei irgendwann ein Paar werden würdet."

Sam starrte seinen Vater nur mit offenem Mund an. Ich fragte: „Äh, wirklich?"

„Oh ja", sagte Mrs. Sakaguchi. „Wir hatten schon ewig den Eindruck, als wärst du in unseren

Sam verliebt.“

„Ich… Ja, war ich. Bin ich.“

Bree rief: „Ich hab’s doch gewusst!“ Sie wechselte einen zufriedenen Blick mit Tim, der lächelte.

„Wir haben es alle gewusst.“ Mrs. Tanaka zwickte Sam in die Taille, und er schrie auf und zuckte auf seinem Stuhl zur Seite, so dass er beinahe auf meinem Schoß landete. „Das Spatzenhirn hier hat nur eine Weile gebraucht, um es auch zu merken.“

„Er ist kein Spatzenhirn!“, protestierte ich. Sämtliche Sakaguchis machten einstimmig *„Oooh!“*

Mrs. Tanaka zwinkerte mir zu. „Ich habe schon immer gewusst, dass du ein guter *Freund* bist.“

„Also…“ Sam schüttelte den Kopf. „Dann habt ihr also gewusst, dass ich bisexuell bin, bevor ich selbst darauf gekommen bin?“

„Ja, Liebes“, sagte seine Mutter. „Nun ja, natürlich haben wir es nicht *gewusst,* aber wir hielten es für sehr wahrscheinlich.“

„Ich hab’s gewusst.“ Mrs. Tanaka biss kräftig in ihren knusprigen Toast, und danach klebten Krümel an ihrem Lippenstift. „Du warst zu stur, um auf mich zu hören.“

„Wow“, murmelte Sam. „Sowas passiert also tatsächlich im wirklichen Leben.“

Bree hob ihr Wasserglas. „Auf Sam und Etienne. Endlich!“

Sie stießen mit Champagnerflöten und Kaffeetassen auf uns an. Ich hob meine Tasse, wechselte ein Lächeln mit Sam und zählte schon die Minuten, bis wir wieder allein waren.

ES VERGINGEN ZU viele Minuten, bis Sam und ich wieder zusammen waren.

Nach zwei Shows und einem späten Abendessen mit Sams Familie waren wir endlich wieder in der Hütte. Ich zog meine Stiefel aus und klopfte mir frischen Schnee von der Mütze und von der Jacke. Sam hängte seine Jacke auf und hampelte herum, während er seine Socken auszog. Dann stellte er offenbar fest, dass der Fußboden in der Hütte zu kalt war und zog sie wieder an.

Ich brannte darauf, ihn zu küssen und zu berühren, aber ich hielt mich zurück. Er wirkte aufgewühlt und war bei Abendessen still gewesen. Bereute er es? Bereute er *mich*? Es gab nur einen Weg, das herauszufinden. Ich hatte zu lange über meine Gefühle geschwiegen.

„Tut es dir leid?", fragte ich.

Sam, der neben der Mikrowelle stand, drehte sich um und sah mich stirnrunzelnd an. „Dass... meine Familie unangekündigt hier aufgekreuzt ist?"

Ich schüttelte den Kopf. „Das hier." Ich bewegte die Hand zwischen uns hin und her.

„Wie kommst du denn darauf? Tut es dir leid?"

„Nein! Überhaupt nicht."

„Mir auch nicht." Er runzelte die Stirn. „Wovon reden wir dann eigentlich?"

„Keine Ahnung?" Ich lachte, als der dumme Stress von mir abfiel.

„Sollten wir jetzt nicht rumknutschen?"

„Unbedingt."

Es war immer noch ungewohnt, Sam an mich zu ziehen und ihn zu küssen. Dass er den Kuss begierig erwiderte, mir die Zunge in den Mund steckte und an meinen Klamotten zerrte. Dass er uns beide auszog, so dass wir nackt auf dieses wunderbare Bett fallen und uns küssen und aneinander reiben und uns gegenseitig mit Mund und Händen zum Orgasmus bringen konnten.

Es war die beste Art von ‚ungewohnt', die ich je erlebt hatte.

Im Schein der Lichterkette dösten wir ineinander verschlungen vor uns hin. Nach einer Weile stöhnte ich schläfrig: „Ich muss wirklich schlafen. Hab' zu viel gegessen. Schon wieder. Die rote Hose passt bestimmt nicht mehr."

Sam streichelte meinen Bauch. „Du kannst ruhig ein, zwei Pfund zulegen. Das ist okay."

Als ich mir ausmalte, was Yaroslav *dazu* sagen würde, schlängelte ich mich weg und stand auf.

„Ist es nicht. Aber ich sollte mir jetzt wirklich die Zähne putzen und schlafen gehen. Zum Ende der Show heute Abend war ich fix und foxi. Das Training nächste Woche wird brutal."

Immer noch nackt pinkelte ich und putzte mir die Zähne. Sam erschien in Boxershorts an der Badezimmertür, die Arme über der nackten Brust verschränkt.

Ich spuckte ins Waschbecken. „Was ist?" Irgendwas hatte er auf dem Herzen.

„Du bist auf einmal total angespannt und gestresst."

Ich nahm einen großen Schluck Wasser und spuckte nochmal. „Tut mir leid. Liegt nicht an dir."

„Ich weiß. Es liegt an Hackensack. An deinem Arschloch von Trainer." Er hielt inne. „An dieser Olympia-Besessenheit."

Ich klopfte mit meiner Zahnbürste zu fest auf den Waschbeckenrand, als meine Abwehrhaltung ansprang. „Das ist keine *Besessenheit*. Der ganze Sinn und Zweck beim Eislaufen besteht darin, es in die Olympiamannschaft zu schaffen."

„Ähm, ist das wirklich so? Muss man denn an den Olympischen Spielen teilnehmen?"

Ich starrte ihn an. „Was willst du damit sagen?"

Er hob die Hände. „Ich weiß, das klingt, als würde ich zum Verrat aufrufen oder... wie sagt man, wenn etwas gegen die Religion ist? Ketzerei? Was ich gemeint habe, ist – hängt der Erfolg einer Eislauf-Karriere zwingend von einer Teilnahme an den olympischen Spielen ab?“

Ich machte den Mund auf und wieder zu. „Selbstverständlich.“

„Okay. Ich weiß, dass mein Bruder das auch mit einem lautstarken *Ja* beantworten würde. Aber warum? Es ist nur ein Wettkampf. Ist das wirklich so viel anders, als an der Weltmeisterschaft teilzunehmen?“

„Ja! Es sind die olympischen Spiele! Es ist alles, worauf wir all die Jahre hingearbeitet haben! Ohne das…“

„Was, ohne das?“

„Nichts. Es ist der Höhepunkt. Das Ziel.“

„Aber es dürfen nur maximal drei Eistanzpaare hingehen. Alle vier Jahre. Und in der nächsten Saison gibt es nur zwei Plätze, wenn nicht ein Wunder geschieht. Kaum jemand von euch schafft es zu den olympischen Spielen. Bedeutet das also, dass alle eure Karrieren umsonst waren?“

Ja! Das war die Antwort, die mir sofort in den Sinn kam. Und doch wusste ich, dass alles, was Sam sagte, wahr war.

„Ich will dich nicht wütend machen. Aber eins muss ich sagen.“ Sam stieß einen tiefen Seufzer aus. „Wenn ihr nicht zu den Spielen gehen könnt, ist das Scheiße. Dann entgeht euch ein extrem cooles Erlebnis. Es ist sicher aufregend und macht Spaß, im olympischen Dorf zu sein und bei der Eröffnungszeremonie mitzulaufen und so. Es wäre super, dabei zu sein.“

Ich nickte. „Es wäre der größte Moment meines Lebens.“

„Aber wäre das wirklich so? Ihr habt bereits so viel geleistet. Du und Bree, ihr seid das fünfzehntbeste Eistanzpaar der ganzen Welt. Ihr wart bei den Nationals zweimal auf dem Podium, einmal mit Silber, einmal mit Bronze. Ihr habt bei vielen internationalen Wettbewerben gesiegt oder eine Medaille gewonnen.“

Ich schnaubte. „Nicht bei der ISU-Grand-Prix-Serie. Wir haben nur B-Wettbewerbe und Juniorenkram gewonnen.“

„Stimmt, ihr habt damals beim Junioren-Grand-Prix im Finale gesiegt. Das war gigantisch.“

„Aber das spielt keine Rolle, wenn wir als Erwachsene keinen Erfolg haben!“ Ich lief in dem kleinen Badezimmer auf und ab, und meine Finger zuckten.

„Was genau bedeutet ‚Erfolg‘? Ihr seid jetzt schon erfolgreicher als die meisten anderen Wettkampf-Eistänzer auf der Welt. Ich bin mit Eislaufen aufgewachsen. Ich habe Henry jahrelang gegen andere Eisläufer antreten sehen, die nie bei einer Erwachsenen-Landesmeisterschaft eine Medaille gewonnen hatten. Ihr habt zwei.“

„Keine goldene!"

„Wenn ihr also den kanadischen Titel gewinnt, seid ihr dann erfolgreich? Wenn ihr zu den olympischen Spielen fahrt und fünfzehnte werdet, ist das dann gut genug? Oder wird die Messlatte höher gelegt? Man kann immer noch mehr erreichen, aber warum sollte man, wenn es einen unglücklich macht?"

Ich stolperte. „Unglücklich?" Es war, als wäre mein finsterstes Geheimnis enthüllt worden. Obwohl es gar kein Geheimnis war, oder?

„Äh, ja? Ich glaube, du warst beim Eislaufen schon lange nicht mehr glücklich. Ganz bestimmt nicht, seit du mit Bree nach New Jersey umgezogen bist. Ihr lebt so nahe bei New York, aber ihr fahrt kaum jemals hin, weil ihr weder die Zeit noch das Geld dafür habt. Und auch nicht die Energie. Du flüchtest dich in Videospiele mit mir, und dann gehst du jeden Morgen wieder auf diese Eisbahn, die du hasst."

Ich konnte ihn nur anstarren. Auf dieses Gespräch war ich nicht gefasst gewesen. Aber ich war auch gestern Abend nicht auf Sex mit ihm gefasst gewesen und auch nicht darauf, heute Morgen mit seiner Familie konfrontiert zu werden. Mein Leben änderte sich gerade radikal. Ich musste Schritt halten.

„Vielleicht sollte ich die Klappe halten, aber ich liebe dich zu sehr, um das nicht zu sagen", sprudelte Sam hervor, und seine Augen weiteten sich. „Es hat keinen Sinn, es zu verbergen oder irgendwas vorzutäuschen, stimmt's? Jetzt nicht mehr. Ich sage das alles, weil ich dich liebe, und ich will, dass du glücklich bist. Ja, ich glaube, du bist unglücklich. Ich glaube, dir und Bree gefällt es in New Jersey überhaupt nicht. Ihr glaubt, ihr müsstet beim besten Coach trainieren, um erfolgreich zu sein, auch wenn er kaum Einzeltraining mit euch macht. Auch wenn es schweineteuer ist und ihr längst nicht mehr so viel Spaß am Eislaufen habt wie früher."

Ich konnte kaum sprechen. „Ist das alles?"

„Nein. Ich glaube, du hast dich mit vierzehn zwischen Klavierspielen und Eiskunstlauf entschieden, als du zuhause ausgezogen bist, um mit Bree am anderen Ende des Landes zu trainieren. Du glaubst nicht, dass du beides machen und erfolgreich sein kannst. Also hast du dir das Eislaufen ausgesucht, weil du es damals tatsächlich geliebt hast. Tief in dir drin liebst du es immer noch, auch wenn es dich jetzt unglücklich macht. Als du in der Lounge Klavier gespielt hast, diese innere Ruhe und Freude, die ich da auf deinem Gesicht gesehen habe? So sollte es auch beim Eislaufen sein. Ja, natürlich ist das Training hart, und nichts ist immer nur gut. Aber du musst dich nicht für die olympischen Spiele qualifizieren, wenn du das nicht wirklich, wirklich, wirklich willst."

Meine Brust hob und senkte sich. Ich sah weiße Flecken.

Sam hob die Arme und ließ sie wieder sinken. „Okay. Jetzt wein' schon oder schrei mich an oder was auch immer."

Ich konnte mich nur auf ihn stürzen, und ich riss ihn fast von den Füßen, als wir uns küssten. Er liebte mich. Nicht nur als seinen besten Freund. Und er liebte mich genug, um mir zu sagen, was ich hören musste. Sam stöhnte erleichtert auf, öffnete den Mund für meine Zunge und schlang die Arme um mich.

Er war mein Zuhause, meine Sicherheit, mein Trost und meine Wahrheit. „Ich liebe dich", japste ich an seinen Lippen, während wir aus dem Badezimmer stolperten.

Als ich in diesem perfekten Bett auf dem Rücken lag, öffnete ich mich so für ihn, wie ich es in meiner Fantasie getan hatte Er fickte mich, erst zaghaft und dann mit wachsender Selbstsicherheit, während wir uns küssten und aneinander klammerten. War das erste Mal wirklich erst vierundzwanzig Stunden her?

Vermutlich war das noch so eine Wahrheit, die ich akzeptieren musste. Obwohl ich das Gefühl hatte, ich hätte Sam schon immer geküsst.

AUF DEM WEG zur Arena und während wir uns die Schlittschuhe schnürten neckte Bree mich wegen Sam. Glücklicherweise machte ihr die Gehirnerschütterung heute kaum zu schaffen. Wir waren früh dran und im Moment noch allein, und ich lachte mit ihr, während wir in unseren dehnbaren Aufwärmklamotten auf einer der Bänke im Backstagebereich saßen.

In Gedanken ging ich nochmal durch, was ich ihr sagen musste, als würde ich eine Rede üben. Was ich ihr sagen wollte. Wovor mir graute, es ihr zu sagen.

Ich wusste, dass es ihr in Hackensack nicht gefiel. Trotzdem hatte ich ein äußerst mulmiges Gefühl im Bauch. Vielleicht sollte ich lieber warten. Morgen war Silvester. Wir hatten nur eine Nachmittagsshow, und dann konnten wir mit Tim und Sam feiern. Wollte ich das ruinieren?

Wollte ich *alles* ruinieren?

„Na, komm." Sie stand auf und gab mir einen leichten Knuff gegen die Schulter. „Ich hab' immer gewusst, dass du und Sam ineinander verliebt wart, und damit musst du mich jetzt halt prahlen lassen. Zugegeben, dass die Sakaguchis und Mrs. Tanaka es auch gewusst haben, trübt meinen Sieg ein bisschen, aber trotzdem."

Ich versuchte, zu lächeln. „Prahl' du nur."

Ihr Grinsen verschwand. „Was ist denn?"

„Würdest du mich hassen, wenn ich aufhören

will?“ Da. Jetzt war es heraus.

Einen schrecklichen Moment stand Bree nur da wie erstarrt und sah mich an. Ihr Gesicht verzog sich. Gleich darauf liefen auch schon die Tränen, und sie schluchzte erstickt los. „Ich hatte Angst, du würdest *mich* dafür hassen, dass ich aufhören will.“

Mit brennenden Augen sprang ich auf und umarmte sie stürmisch. „Ich könnte dich nie hassen!“

Eine Zeitlang hielten wir einander nur in den Armen und weinten. Das war schon lange überfällig. Dann murmelte Bree etwas an meinem Hals. Meine Haut war feucht von ihren Tränen.

„Hmm?“, fragte ich.

Sie hob den Kopf und schniefte laut. „Aber ich bin mir nicht sicher, ob ich wirklich aufhören will. Und du?“

„Ich weiß nicht.“ Ich rieb ihr sanft den Rücken, wie ich es sonst immer tat, wenn wir auf unseren Auftritt warteten. Es war unser kleines Ritual, einander in die Augen zu schauen, während sie die Arme um meine Taille schlang. Das tat sie jetzt auch, wahrscheinlich ganz automatisch. Wir atmeten gemeinsam.

Ihre Stimme war wieder ruhiger und fester, als sie sagte: „Ich will aufhören, weil ich nicht mehr gerne auf dem Eis bin. Früher habe ich es so sehr geliebt. Aber seit wir nach New Jersey gezogen sind, tue ich das nicht mehr.“

Mir blieb schlagartig die Luft weg, als ob ich gestolpert und auf die Eisfläche geknallt wäre. „Ich auch nicht. Ich find's furchtbar dort.“

„Nicht wahr?“ Sie sah mich mit großen Augen an. „Ich weiß, wir sollten eigentlich dankbar sein, dass Yaroslav uns angenommen hat, und er hat so großen Einfluss auf die Richter, und auch wenn er uns beim Eislaufen kaum beachtet, ist es wichtig, dass er mit uns in der Tränenecke sitzt. Aber ich hasse es.“

Ich hatte die ganze Zeit genickt, als sie sprach. „Ja. Ja! Ich hasse es. Svetlana ist in Ordnung, und ich weiß, dass es gut ist, mit den besten Paaren der Welt zu trainieren, aber die Atmosphäre auf der Eisbahn sorgt dafür, dass ich mich scheiße fühle.“

„Yaroslav nennt mich die halbe Zeit ‚Deanna‘, wenn er sich überhaupt dazu herablässt, mich zu beachten. Wir wussten, dass wir für ihn keine Priorität haben würden. Aber ich vermisse es, einen Trainer zu haben, der sich wirklich um uns kümmert.“

„Ich auch. Er ist Experte für Technik, aber… Es hat uns mal Spaß gemacht. Wir haben gelacht. Wir können hart arbeiten und trotzdem manchmal lachen.“

„Nicht wahr?“ Sie drückte mich fester und wippte aufgeregt auf den Zehenspitzen. „In Mountain High haben wir ständig gelacht.“

Ich dachte sehnsüchtig an unser altes Trainingszentrum in Vancouver zurück. „Glaubst du…" War das eine saublöde Idee? Oder vielleicht… Ein Schauer der Erregung überlief mich.

„Ich hab' Laura gestern angerufen", sprudelte Bree hervor. „Sie hat gesagt, dass wir zurückkommen können." Frische Tränen liefen über ihre Wangen. „Sie war so lieb. Sie hat immer verstanden, warum wir weggegangen sind, und sie hat gesagt, dass wir jederzeit nach Hause kommen können." Ihre Stimme brach. „Ich will nach Hause."

Wir umarmten uns wieder ganz fest und weinten auch wieder. Schniefend sagte ich: „Lass uns heimgehen. Lass uns das Eislaufen wieder lieben. Und ich will Klavierunterricht nehmen." Ich wich zurück, um sie ansehen zu können. „Es fehlt mir zu sehr."

Sie nickte heftig. „Jawohl! Und wenn wir weiter für Olympia trainieren und es nicht schaffen, ist das okay. Es muss okay sein, sonst können wir gleich aufhören."

Ich atmete einmal tief durch. Könnte es okay sein, nicht an den Spielen teilzunehmen? Könnten wir weiter trainieren, weil wir es gerne taten? Könnte Eislaufen wieder Spaß machen? Könnte ich mir Zeit zum Klavierspielen nehmen und nicht nur jede Minute für das Training leben?

„Wir sollten es versuchen." Meine Stimme klang unsicher, und ich schluckte krampfhaft und wiederholte dann: „Wir sollten es versuchen. Wenn wir am Ende dieser Saison aufhören wollen, machen wir das. Und das ist dann okay. Aber wir sollten nach Vancouver zurückgehen. Wegen deiner Gehirnerschütterung machen wir ganz langsam. Du kannst dir so oft freinehmen, wie du willst, und das ist dann auch okay.“

Sie wischte sich die Augen. „Ja. Und ich ziehe mit Tim zusammen.“

„Vielleicht ziehe ich mit Sam zusammen.“ Ich sagte das, ohne nachzudenken, aber es klang wirklich gut.

Bree grinste. „Schließlich seid ihr schon seit Jahren zusammen. Ihr habt es nur nicht gemerkt.“

Ich bückte mich, nahm sie erneut in die Arme und hob sie hoch, so dass ihre Füße in der Luft hingen. Ich hätte sie ja herumgewirbelt, aber das hoben wir uns besser für unsere Auftritte auf. Mir war ganz leicht ums Herz; eine Last, die ich nicht hatte wahrhaben wollen, war von mir abgefallen. Wir würden wieder nach Vancouver gehen und zu einer Trainerin, der wir nicht egal waren. Und zu Sam.

Wir würden nach Hause gehen.

Kapitel Neun

Sam

WARUM HATTE ICH gedacht, in die Sauna zu gehen wäre eine gute Idee?

Weil Etienne nach einer weiteren Abendvorstellung Entspannung brauchte. Weil seine hinreißenden Muskeln verkrampft waren. Weil ich es genoss, mich zu foltern?

Obwohl ich es tatsächlich genoss, die Vorfreude in die Länge zu ziehen, in dem Wissen, dass wir Sex haben würden, sobald wir wieder in der Hütte waren. Zu wissen, dass wir uns liebten. Zu wissen, dass wir verlorene Zeit wieder reinholen und dabei jede Menge Spaß haben konnten.

„Ich hab' nachgedacht", murmelte Etienne mit geschlossenen Augen. Er hatte nur ein Handtuch um, und sein zerschlissener Bademantel lag neben ihm über der Bank.

„Ja?" Ich scheiterte kläglich bei dem Versuch, beiläufig zu klingen. Ich wusste, dass er verstanden hatte, was ich gestern Abend zu ihm gesagt hatte, daher hatte ich es heute nicht nochmal zur Sprache gebracht. Letztendlich war es seine Entscheidung.

„Ich hab' daran gedacht, dich über diese Bank zu bücken und dir den Arsch zu lecken."

Ich ging fast an die Decke. Mein Handtuch beulte sich aus, und ich bekam plötzlich kaum noch Luft. „Das klingt… ähm. Ich hätte nichts dagegen."

Mit hochgezogenen Augenbrauen warf Etienne mir einen Seitenblick zu. „Offensichtlich."

„Als ob du keinen Ständer unter diesem Bademantel hättest, der plötzlich auf deinem Schoß liegt?"

„Oh, das hab' ich. Einen ganz harten. Weil ich daran denke, wie schön das für dich sein wird. Was für Geräusche du von dir geben würdest, wenn ich dir die Zunge reinstecke."

Ich erschauerte vor Vorfreude. „Das können wir nicht machen. Es könnte jeden Moment jemand reinkommen."

Etienne seufzte. „Leider. Es wäre unverantwortlich. Ich habe einen Ruf zu wahren. Saunasex-Skandale kommen bei olympischen Preisrichtern nicht gut an."

Mein Herz setzte einen Schlag aus. „Machst du dir speziell wegen den olympischen Preisrichtern

Sorgen? Wollt ihr es versuchen, Bree und du?"

Etienne atmete aus. Ein Schweißtropfen rann ihm über die Schläfe, und ich wollte ihn ablecken. „Was würdest du davon halten, wenn wir weiter trainieren und versuchen würden, in der nächsten Saison diesen Platz zu bekommen? Vorausgesetzt, dass wir das am Ende dieser Saison noch wollen. Wenn es Bree gut genug geht und wir nicht unglücklich sind."

„Wenn du das wirklich willst, steh' ich voll und ganz hinter dir." Ich mochte gar nicht daran denken, dass er sich nochmal über ein Jahr lang in Hackensack herumquälen würde – so unglücklich, wie er dort war – aber natürlich würde ich ihn unterstützen. Komme, was wolle.

Er schnappte sich meine Hand und drückte sein nacktes Knie gegen meins. „Was würdest du davon halten, wenn Bree und ich zum Trainieren wieder nach Vancouver gehen würden?"

Wieder hing ich fast unter der Decke. Ich richtete mich kerzengerade auf und umklammerte seine Finger. „Ernsthaft? Ihr wollt wieder zurück? Wieder bei Laura trainieren?"

Etienne nickte und atmete flach. „Wir wollen das Eislaufen wieder lieben. Wir wollen jeden Tag auf der Eisbahn glücklich sein. Laura hat gesagt, dass sie uns nimmt. Bree kann zu Tim ziehen, und wir beide können—" Er brach ab. „Wenn du willst? Es sei denn, das geht dir zu schnell. Ist es zu schnell?"

Ich küsste ihn stürmisch, zwängte ihm die Zunge in den Mund und schluckte seinen Aufschrei. Er erwiderte den Kuss, und wir brauchten keine Worte, da unsere Münder zu beschäftigt waren. Und ein Kuss in der Sauna wäre kein Skandal, wenn uns jemand erwischte, oder?

Okay, als ich dann auf seinem Schoß saß und die Hüften rollte, dass mein Handtuch ins Rutschen geriet, waren wir definitiv auf Skandalgebiet. Auch wenn er die Zunge nicht in meinem Arsch hatte.

Ich unterbrach den Kuss und schnappte in der drückenden Hitze nach Luft. Wir waren schweißgebadet, und ich leckte tatsächlich an seinem Gesicht, bevor ich ihn auf den Hals küsste. Ich saugte an seiner fieberheißen Haut, während er mir die Finger in die Wirbelsäule grub.

„Nur… damit… das… klar… ist", knurrte ich zwischen Küssen. „Es geht nicht zu schnell. Wir waren jahrelang beim Vorspiel. Das hier hätten wir schon ewig machen sollen. Worauf haben wir gewartet?"

„Kann mich nicht mehr erinnern. Bescheuert, was?" Er packte meinen Hintern, drückte mich runter und rieb sich an mir, nur mit einem Frotteetuch zwischen uns.

Draußen ertönte Gelächter, und ich landete auf dem Fußboden der Sauna. Bis mein Handtuch wieder zugeknotet war und Etienne mich auf

Verletzungen überprüft hatte, waren die Stimmen verklungen.

Wir lachten auch, als wir die Saunatür öffneten, in der eisigen Luft aufschrien und unsere Füße in die Stiefel zwängten, um durch den Schnee zu unserer Hütte zu rennen und uns wieder aufzuwärmen.

Und um Etiennes Zunge in meinen Arsch zu kriegen. Und um nach Wohnungen in Vancouver zu schauen. Und zu *lachen*.

IM DÄMMERLICHT MUSTERTE ich den Eispfad mit den Instagram-reifen bunten Lichterketten, die sich daran entlang zogen, und schüttelte den Kopf. „Ist das wirklich die beste Art, Silvester zu verbringen?"

Etienne wedelte mit den Armen und drehte eine Pirouette. Seine Kufen glitten so leichtfüßig über das Eis, als würde er schweben. „Berge, Eis, Wald, Freunde. Für mich klingt das perfekt."

„Weil du von Beruf Eiskunstläufer bist." Ich zog mir Obaachans geborgte Mütze über die Ohren, und Etienne stupste gegen den Bommel obendrauf. Seine Mütze war ebenfalls rot, und ich fand es irgendwie toll, dass wir Partnerlook trugen. Waren wir eins von diesen widerlichen Paaren?

Das hoffte ich sehr.

„Siehst du?", sagte Etienne. „Jetzt lächelst du. Komm. Lauf mit mir den Eispfad. Ich wärm' dich dann hinterher auf."

Ein ziehendes Verlangen fuhr mir in den Unterleib. Wir waren erst seit ein paar Tagen intim, und ich wusste, irgendwann würden wir genug davon haben, es zu treiben wie die Karnickel, aber … noch nicht. Ich spielte den Lässigen. „Hinterher essen wir mit meinen Eltern zu Abend."

Er seufzte dramatisch, und ließ die Arme sinken. „Stimmt. Dann werden wir wohl für alles andere als einen Kuss um Mitternacht zu müde sein." Seine Schultern strafften sich, und er wirkte plötzlich nervös. „Nicht, dass du das machen müsstest. Vor so vielen Leuten, meine ich."

Ich beugte die Knie, stieß mich mit dem rechten Schlittschuh ab und wollte eigentlich die paar Meter bis zu ihm hingleiten. Ich bewegte mich ein paar Zentimeter, dann bekam ich Panik und ruderte mit den Armen. Er packte mich lachend an den Schultern.

„Halt' meine Hand. Du bist ein furchtbar schlechter Eisläufer, da denkt bestimmt niemand…" Er zuckte die Achseln.

Wahrscheinlich waren wir beide nicht daran gewöhnt, in der Öffentlichkeit ein Paar zu sein. Ich holte tief Luft, schob mich auf meinen Schlittschuhen vorsichtig ein Stück weiter voran und küsste ihn. Nicht nur flüchtig, aber auch keine nicht für die Öffentlichkeit geeignete Schlabberei. Ein schöner, fester Kuss auf die Lippen.

Unser Atem bildete weiße Wolken in der Winterluft, als wir uns voneinander lösten. Ich fragte: „Und jetzt? Werden jetzt alle denken, dass wir ein Liebespaar sind?“

Etienne stieß unsere Nasen aneinander. „Das kann keiner übersehen.“ Er blickte sich unter den Leuten um, die in einem Strom von bunten Mützen und Schals zusammen mit uns den Pfad angehen wollten. „Gut, dass sie nicht meine Gedanken lesen können, was?“

Hinter mir lachte Bree. „Ähm, du bist ziemlich leicht zu durchschauen, nur damit du’s weißt.“ Sie hielt Händchen mit Tim, der unbeholfen neben ihr herlief.

Henry glitt herbei, nickte uns zu und blickte dann mit leuchtenden Augen den Pfad entlang. Ich war froh, dass er die Gelegenheit zum Schlittschuhlaufen bekam, auch wenn er über die Feiertage eigentlich komplett Pause vom Eislaufen machen sollte.

Mit einem freundlichen Winken tauchte Theo auf. Er rief: „Hey, Leute! Der Pfad ist super!“ Er spähte angestrengt in die Ferne, wo das Band aus Eis sich durch den Wald schlängelte und die bunten Lichter von frischen Schneehaufen reflektiert wurden. „Nicht zu viele Leute. Wir sollten ein Wettrennen machen!"

Kaum hatte er ausgesprochen, da war Henry auch schon gestartet und nahm mit weiten, anmutigen Schritten sofort Fahrt auf. Mit einem empörten Aufschrei jagte Theo ihm nach.

Bree schüttelte den Kopf. „Sie sollten mal zusammen in einem Bett schlafen und merken, dass sie heimlich ineinander verliebt sind. Wie ihr beiden!" Sie zwinkerte. „Wobei das ja kein großes Geheimnis war."

„Oh doch, es war eins!", behauptete ich. „Ich hatte keine Ahnung." Grummelnd nahm ich Etiennes Hand, und unsere Lederhandschuhe quietschten. Ich schob mich mit winzig kleinen Schritten voran und sah zu, wie Bree und Tim davonglitten. Henry und Theo waren längst in ihrer eigenen kleinen Welt verschwunden.

„Wir wollen Schlittschuh laufen", sagte Etienne. „Nicht auf dem Eis spazieren gehen."

„Ach ja?" Ich beugte meine steifen Knie.

„Gut so! Ich lass dich nicht hinfallen."

Ich hielt Etiennes Hand und vertraute ihm, wie ich es immer schon getan hatte. Er war mein bester Freund. Selbst wenn wir hinfielen, würden wir das gemeinsam tun.

Ende

Über die Autorin

Keira strebt in ihren schwulen Liebesromanen nach der perfekten Mischung aus Charakter, Handlung und Leidenschaft. Sie schreibt alles Mögliche, von abenteuerlichen Piratengeschichten bis hin zu herzerwärmenden Weihnachtsromanzen. Ihre liebsten Genres sind Enemies-to-Lovers, Altersunterschied, erzwungene Nähe und leidenschaftliche erste Male. Und obwohl sie ihren Protagonisten weder Herzschmerz noch Drama erspart, garantiert Keira immer ein Happy End !

Mehr unter:

keiraandrews.com